域外小說集

弟一册

域外小說集弟一册

會稽周氏兄弟纂譯

序言

域外小說集爲書。詞致樸訥。不足方近世名人譯本。特收錄至審愼。迻譯亦期弗失文情。異域文術新宗。自此始入華土。使有士卓特。不爲常俗所囿。必將犂然有當於心。按邦國時期。籀讀其心聲。以相度神思之所在。則此雖大濤之微漚與。而性解思惟。實寓於此。中國譯界。亦由是無遲莫之感矣。

己酉正月十五日

略例

一 集中所錄。以近世小品爲多。後當漸及十九世紀以前名作。又以近世文潮。北歐最盛。故采譯自有偏至。惟累卷既多。則以次及南歐暨泰東諸邦。使符域外一言之實。

一 裝釘均從新式。三面任其本然。不施切削。故雖翻閱數次。絕無汙染。前後篇首尾。各不相啣。他日能視其邦國古今之別。類聚成書。且紙之四周。皆極廣博。故訂定時亦不病隘陋。

一 人地名悉如原音。不加省節者。緣音譯本以代殊域之言。留其同響。任情删易。即爲不誠。故寧拂戾時人。迻徙具足耳。地名無他奧誼。人名則德法意英美諸國。大氐二言。首名次氏。俄三言。首本名。次父名加子誼。

次氏。二人相呼。多舉上二名。曰某之子某。而不舉其氏。匈加利獨先氏後名。大同華土。第近時傚法他國。間亦逆施。

一！表大聲。？表問難。近已習見。不竢詮釋。此他有虛線以表語不盡。或語中輟。有直線以表畧停頓。或在句之上下。則爲用同於括弧。如「名門之兒僮—年十四五耳—亦至」者。猶云名門之兒僮亦至。而兒僮之年。乃十四五也。

一文中典故。間以括弧注其下。此他不關鴻旨者。則與箸者小傳及未譯原文等。並錄卷末雜識中。讀時幸檢視之。

目次

樂人揚珂

波蘭　顯克微支　著

兒誕而小弱。……鄰婦繞版榻立。頻視母子。咸搖其首。中有冶工西門之妻最智。遂慰病婦曰。吾今爲若然福燭置牀頭。嫂毋懼。若宜自備行路。且召神甫來。解若罪愆。一人曰。然哉。第兒當即受灌禮。不及俟神甫矣。且即此足以救兒。俾勿化鬼車也。言次福燭已然。婦乃以水灑兒。兒目屢瞚。婦曰。吾以三聖之名灌汝。錫名曰揚。今汝景教魂魄。可從來處去矣。亞孟。而魂似無歸意。惟振足而踶且啼。聲極細弱。鄰婦或曰。咦、此殆小貍也。不者抑何物耶。

衆遣人召神甫。神甫來。盡職而去。而婦疾漸痊。越七日。出而工作矣。兒亦無他。止啾啾鳴耳。逮四歲春。鷓鴣來時。兒嘗病。顧未幾愈。以至十歲。兒羸瘠而黃。腹大如瓠。頰輔下陷。髮蒼白如麻縷。垂及眉睫。目眙視若眺遠。冬日。恒坐鑪後啜泣。以寒而無衣。或瓦罐中。其母無儲食也。及夏出游。著單衣。布條為束。冠艸帽。破其緣。伸首前矚。狀如小禽。母則寄居人家。猶檐下之瓦雀。拮据度生。愛兒甚摯。第亦時扑之。且呼之曰夢人。八歲。出為人牧牛。或絕食。則入松林掇拾菌類。其不為豺虎所食者。或由天意見憐。亦幸爾。

兒性極魯。每發語。輒以指入口中。如衆村兒。人多恐兒弗得長。且亦不能助母。以兒弱。不堪工作也。而揚珂有殊好。酷嗜音樂。隨地傾聽。逮少長。意益嫥。更無他念。每放牛。山林。或擕筐往拾艸實。輒徒手歸。惟吃吃語曰。阿孀。林中有人奏也。嚄……嚄。母則應之曰。汝毋懼。吾亦將為汝奏也。乃操。

杖撻之兒呼謈乞赦而心猶自念曰其處信有人奏林中也然何人耶彼鳥知者松柏鳴禽咸有好音全山皆自奏耳

蒿艾在野蕭蕭自響鄰園黃雀時復亂鳴至櫻華為之顫動揚珂晨起聽村中人聲又疑全村皆方奏也時出灌田風過鋤柄颯然有聲亦可娛耳一日田主微行見揚珂短髮蓬亂獨立聽風乃解革帶痛扑之顧揚珂不為改人儔之曰樂人揚珂每當春日兒便去茅舍至水濱呼嘯入夜蛙蛤皆吠隴有秧雞啼聲蒼鷹迎露而嘯雞鳴起於籬下揚珂不能寐唯宷聽之亦不知其聽何得也及禮拜其母不敢挈之入寺以琴絃既動頌歌發聲揚珂則目眯如被雲霧茫然如無見矣

村中邏卒夜行道上仰數星斗或對犬微語藉以驅睡恆見揚珂白衣隱約黯中竊趣酒家既至亦不入室第伏牆陬竊聽飲客方舞時聞少年歡

呼及室內韓聲皆甚晰間以女郎問曰何也胡琴則低吟曰且飲酒且唉哉且歡樂伴以箜篌作大聲曰如神賜如神賜明窗的皪有生气檯桷滕蹕亦如歌舞而揚珂聽如故

揚珂甚欲得一胡琴能低吟曰且飲酒且唉哉且歡樂者美哉此歌吟之木也顧胡自來且出何地耶使人肯以相賜雖止一握足矣然又奚能僅得自由聽之耳未幾聞邏人呼黠中曰小鬼若猶未去耶揚珂乃起赤足奔歸而耳後猶聞胡琴之聲曰且飲酒且唉哉且歡樂又應以箜篌曰如神賜如神賜

村中既秋穫或值婚嫁偶奏胡琴揚珂聞之則大喜己而返舍便坐鑪後終日不語惟雙目燗燗如貍奴後乃以薄版及馬尾數縷自製一胡琴顧聲殊不及酒家美其響微甚如鼷鼠鳴或蟋蟀也而揚珂彈之不勤以是

屢。得。夏。楚。狀遂。如。未。熟。甘。棠。矣。第此。葢。其。性。然。也。兒日羸瘠。顧腹大如故。額髮蓬飛。目亦益巨。且常承以淚。而兩頰益陷。匈肊亦然。揚珂爲狀。甚異常兒。惟頗與自製胡琴類。匙發聲者也。益以未及秋穫。則困於飢。噉生蘆菔以果腹。又復朝夕苦思。欲得胡琴。顧此欲也。葢不爲揚珂利也。

莊中從僕有胡琴。薄莫常奏以悅侍婢。揚珂伏牛蒡中。引領窺厨內。胡琴懸牆上。與戶相當。揚珂凝視。爲之神往。葢以得此至難。而愛之又至摯。終欲得之。雖祇一握。或一諦視可爾。兒念此樂極。心怦怦動。一夕。厨下無人。莊主方游異國。全家虛寂。僕婢亦在他室。揚珂伏牛蒡叢中。遠眺久久。明月正圓。清光斜照。穿戶而入。映壁作方形。漸以上移。朗照胡琴。纖屑皆見。時琴在室中。如發銀光。腹尤朗徹。揚珂注視良久。琴絃縷縷及其曲柄。無不了然軫粘粘如流螢側懸弓狀物仿佛銀枝物既美豔且似神異揚珂久視不覺心醉時居艸中支肘於膝眙目凝盼不能舍顧忽自震懼已復心動欲前就之將琴信有神異與抑何耶第琴忽浮動如來迎將其光時或驟歛俄復明發此殆信有神異矣微風徐來木葉鳴戰牛蒡中作微聲揚珂聽之如曰揚珂往矣厨無人揚珂往矣

夜氣澄明園有黃離微呼且歌已而聲漸宏曰前前取之耳一角鴟則翻飛頂上號曰揚珂不可不可未幾鴟去而黃離牛蒡微語不已曰中無人焉而胡琴之光復曜

揚珂頫而徐前黃離又微呼曰前前取之耳

時白衣漸近門次不復隱於牛蒡僅聞小兒匈次坌息聲矣少選白衣已滅止一足露戶外嗟乎角鴟雖歸更呼不可已無及矣揚珂入厨下矣

池中。老。蛙。忽。鳴。如有。所。怖。已復。頓。寂。黃離。止。呼。牛蒡。亦。嘿。揚珂。摸。索。前。陡感。烈。懼。曩居。牛。蒡。中。如獸。伏。莽。坦然。無。苦。而今。入。室。乃如。獸。在。柙。矣。時則。覺。擧。止。倉。皇。吸呼。益。促。且室。已。冥。暗。僅有。電。光。起。伏。東。西。之。間。得少。光。明。揚珂。匍。匐。地。下。擧首。上。視。已而。電。光。亦。止。浮雲。掩。月。一時。闃。然。

少頃。忽聞。微。聲。出。暗。中。如不。意。觸。絃。因而。作。響。者。室陬。突。有。叱。者。曰。誰也。揚珂。屏。息。不。敢。動。而厲。聲。又。作。曰。誰。也。隨發。燧。鐙火。驟。明。繼聞。叱。偈。毆。擊。及。小。兒。呼。號。求。宥。聲。犂犬。皆。吠。窗內。火。光。動。移。讙囂。徹。於。全。宅。

次日。揚珂。立。村。長。前。受。鞫。矣。將以。是。兒。爲。罪。人。而。懲。之。與。然也。村長。擧。目。視。兒。兒矗。立。以指。入。口。中。怡目。而。視。羸小。飢。寒。且被。箠。楚。殊不。審。自。在。何。地。衆將。胡。爲。也。且彼。方。十。歲。耳。蹣跚。初。能。行。立。又將。何。以。懲。之。投之。獄。耶。亦當。也。特在。小。兒。宜少。矜。恕。命邏。人。與。以。笞。撻。俾勿。再。盜。足。矣。衆遂召邏人斯達曰可將彼去小懲之斯達頷首取揚珂挾腋下如一貍出倉屋而去兒嘿不言不知以唇懼故抑弗解也惟眙視若小鳥然衆將何爲彼安知者比斯達挾之入厩次臥諸地褫其衣抶之揚珂始呼曰阿孄斯達復撻仍呼阿孄而聲息漸益微弱逮末擊則不復呼阿孄矣

傷哉破琴也

噫傖夫斯達孰乃撻兒至是者況兒小且弱不能自保乎

母來抱之返舍次日揚珂不能起第三日之夕奄然死版榻槀席上矣

小窗之外有黃雀啁哲鳴櫻樹間斜陽入窗色作黃金照兒枕上亂髮蓬飛面慘白無血色此落日餘光蓋猶大道垂死之魂即乘此去當永謝此世得趁光明善也彼生時僅行荆棘道耳兒餘息未絕色若有思時則村中有諸響度窗而入莫色既下女郎自田野束芻歸各歌綠野之曲而川

畔亦有簫聲斷續揚珂今末次聞此矣其手製胡琴則橫斜臥於席兒色忽若喜微語曰阿孄母咽淚對曰吾兒何也揚珂曰阿孄至天國帝肯與我一眞胡琴耶母應之曰然吾兒彼當與汝顧不能更言矣匈肊夙哀一時迸發惟呻呼曰嗟夫耶穌也遂頹仆篋上悲泣失聲狀類病狂或如男子自傷不能救所歡於死也

然婦之於兒實未嘗救爾及起復視揚珂則已瞏目不動顏色莊嚴而黯澹日光亦隱矣

揚珂其安汝靈魂

* * * *

次日莊主偕其女歸自意太利一少年俱蓋女歡也少年曰 Quel beau pays que l'Italie! 女應之曰且亦藝文之民也 On est heureux de chercher làbas des talents et de les protéger.

赤楊蕭蕭鳴揚珂墓上矣

（作人）

戚施

俄國 契訶夫 著

波比爾·伊力支·羅舍微支方徐行室中。步烏克剌因製鏤地版之上。忽前忽郤。反照承塵壁衣。作影甚長。來客法官邁伊爾。傍壁據突厥耎榻而坐。曲一足爲藉。自吸煙艸且聽。時爲夜十一時。有聲作於隣室。正備餐也。羅舍微支先曰。吾於此事。萬不更有所鬩。若就羣聚而言。謂人悉平等。則自無間物我。彼牧豬奴密伽。亦是善人。何不逮瞿提或伏力德烈大帝者。然試就學理觀之。勿徇勿縮。君自當知所云哲(按貴胄之別名)一節。正非偏說。非愚婦人見地也。吾友緣彼哲骨在。自然史上。確有信徵。如欲力斥此說。吾意猶云鹿之無角。寧非巨謬。今可據實爲言。君治法學。言事悉本人情。此外。不。復。更。究。故中。於。平。等。羣。治。諸。說。自長。妄。見。第以。吾。言。吾則。固。執。不。化。之。進。化。論。家。也。凡種。類。貴。族。名。門。諸。語。於。吾。意。皆。不。爲。虛。響。

羅舍微支言時。神气激揚。意似甚得。目光炬發。鼻上日鏡突然而躍。力扭其肩。語至。進。化。論。家。一。言。傲然。就。鏡。中。自。照。兩手。分。其。蒼。髯。羅舍微支著兩當。旣短且舊。褌亦窄。惟擧止滋疾。而衣小隘。頗不相應。首大。面目清整。長髮。見之令人念神甫或詩人也。而身特瘦削頎長。如妙少年。立時。張。其。兩。足。甚。廣。影著。地。上。如翦。股。然。

羅舍微支素自愛其音。一發言。恆意爲新奇未經人道者。當邁伊爾前。乃益覺神思奮集。妙緒紛披。以客英俊壯健。美容止。且與氏家過從久。頗相得。因大喜之。雖氏素不好客。見者皆走避。氏亦自知。人言氏喋喋多語。致驅其妻歸諸壚中。因斥之。或面字之曰獸。曰戚施。惟邁伊爾爲新客。頗不爲意○時肯惠然訪之○嘗云壽此村中○獨羅舍微支與其二女至爲可念○羅舍微支敬客亦然○而中之主因○則以客年少○與長女冉尼亞○蓋良匹也○羅舍微支既與客談○頗自喜識見之奇○與音吐之妙○又視客狀滋健老懷甚適○漸思將如何爲冉尼亞計○俾妻君子○又將如何以己之產業○付諸贅壻○使爲仔肩○第此事滋多荆棘○以利子不付○已越兩期○益以前此殘餘○與後期之科罰○爲數蓋不下二千羅布矣○

羅舍微支時又益加發揮○隨申前說曰○是中○更○無○一○絲○疑○影○設○使○獅○心○李○邵○大○王○或○伏○力○德○烈○帝○勇○健○豪○俠○之○男○子○有○一○子○者○則○其○人○一○切○美○質○自○必○偕○音○容○笑○貌○傳○諸○其○子○又○設○使○其○子○得○良○敎○育○多○所○閱○練○因○有○勇○健○豪○俠○之○氣○爾○後○復○娶○勇○俠○朱○門○之○女○郎○則○其○美○質○又○必○傳○諸○其○孫○如○是○以○往○漸○成○一○族○之○特○長○代○相○授○受○如○世○所○謂○傳○自○血○肉○也○幸○哉○性○擇○之○究○竟○幸

哉彼名門華胄自別異於卑賤之中如出天性而貴介公子亦不與艸野群雌爲緣故靈明之特質得世世相繩永以弗替益以年代之永而其德亦與俱進完全高上矣凡人性中之美善推其極致皆不得不歸功於自然與自然史上之陳迹而彼陳迹之過皆即以分隔晳骨使勿爲黑溷者也然哉！吾友吾輩之文章藝術學問道德與義分榮譽之微意夫豈酒傭之子廚娘之兒所能見授……凡此等事物人性之美實皆出晳骨之賜耳故試以自然史上眼法觀之彼庸夫索波葛微支人雖不才徒以晳骨之故有用已勝良賈任彼於五十博物館均爲檀施者高且百萬倍矣君意何如任君所說第由鄙人言之使吾見酒保廚娘之子斬吾手而不與者須知即此斬惜即以自衞使勿入於汙又以行於自然導引吾儕使進於完全之域……羅舍微支仍矗立又以兩手自理其髯而翦刀之影

亦仍矗立

羅舍微支陡納手衣袋中揞趾踵而立自衡其身曰今試取吾國俄羅斯爲例孰爲吾儕人中之傑耶試舉吾國第一等人物藝術家著作家音樂家……彼輩皆誰也吾友彼輩蓋皆皙骨之代表者耳普式庚也果戈爾也來爾孟多夫也都介納夫也託爾斯多……豈皆廚娘之子耶邁伊爾曰岡伽洛夫商人也羅舍微支曰諾是將何以解吾說吾友例外是其解也蓋言岡伽洛夫之天才其說有二但今且離名弗說止就實論之足下吾且問君君將作何解說設有酒保於此洵能造詣高於生來無間以何成名或文章或學術或法律政治而是時之自然乃以神聖人權之故竟與宣戰爲仇則君將何說蓋以實言彼酒保傭奴雖欲自前顧方及他人履邊己自焦萃萎枯陵夷矣墮落矣試觀名門寧見有侏儒蹩者尫子瘵

夫溷迹其中者乎皆早死如秋蠅矣此正好事使無是沙汰芟夷則吾儕文物風華將無一石之臍……酒保且盡毀之矣……君試有以語我此競爭者至今日之究竟爲何如且酒保之所得者又究竟何有羅舍微支隨作態甚怪狀如震悚曰吾人之文章學術自古以來殊無有退潮下落如今日者矣足下須知並世人生已不更存神智凡其活力所基都不外一事但欲褫他人附背之衣而已吾儕所見當世人士雖居然以名貴廉貞自命不知皆可以一銀羅布購買而來而世所謂一般聰靈之群衆亦僅有一事可識如君欲厠足其中則須以手自護其衣袋否者群且竊汝錢囊羅舍微支遂瞋目而笑重述曰且竊汝錢囊語已大笑又曰顧道德何在……吾儕安有道德者因引目視門外曰君可勿怪設汝妻掠汝資棄汝而逃者僅微末耳吾友今日世界十二齡女郎已自尋其歡子又凡

戲場文會殆亦爲是而設惟以網羅暴富兒擢爲漢子耳阿母囑其女郎夫壻則坦白而談云將以何直市其妻也吾友汝直可爲商販……邁伊爾久聽枯坐不作一語至是始離榻起立視時辰表曰怨之波比爾•伊力支時已至予當別矣

羅舍微支未竟其說急曳臂止之强使復坐且誓弗飯者毋得去此室邁伊爾不得已復枯坐寂聽竊視主人顏色狀驚且疑似始領略其性情者已而有婢入白云少主人屬傳言夕餐已具邁伊爾微歎首出客室及入食堂羅舍微支二女冉尼亞與伊羅達已先在席長者年二十四次二十二修短相等玄睛素面冉尼亞四垂其髮伊羅達則束之頂上作高髻食事未進各先飲火酒一巵意示彼輩偶爾燕飲幾爲人生初次者飲已二人惘然相視嗤嗤而笑羅舍微支曰癡兒勿爾嬌憨爲冉尼亞與伊羅達

談。均操法語。而以俄語應父及客。二語錯雜。時法時俄。因自陳當年辭家就學。正爲此時八月。其樂何極。第今乃蟄居。無一地足容轉易。惟長日居莊家。無冬無夏。其厭勌又何如耶。

羅舍微支重述前語曰。癡兒勿爾嬌憨爲。旋舉首視客。怡然曰。節言之由。是以觀。可知物物之存。其狀爲何如矣。吾儕以心地之善。諸行簡直。又或慮非議之橫。因與一切衆生互爲親近。即對新進暴富兒亦說平等。雖然。截使吾儕一息反照。當見此善慈所造其罪過爲莫量。以此等尊嚴爲吾先祖歷劫所辛苦經營者。將於一日中爲今日匈奴燬盡矣。

飮已。主客皆返退閒之室。冉尼亞偕伊羅達就琴臺。然燭。將備奏弄。而其父堅與客喋談。不知何時始止。二女皆慍而疾視。思父何過於爲我。惟知快其尤談。自肱智慧。似一己之私。尤重於二女將來幸福者。況此家常客。

又僅邁伊爾一人二女知此客之來意蓋在溫柔膩友而老父梗頑堅持之弗肯少縱使有一息之閒何耶

羅舍微支曰如當日西方武士群起而抗力敵蒙古時吾輩亦必當不失其時自連衡以赴前敵言次舉右手向上狀如使徒曰待我形見於酒保傭奴之前不復平凡如波比爾伊力支當勇壯如獅心李郤大王叱勿爲是疑貳吾儕當有誓言立爲神聖之約酒保如前薄者吾儕當投以傌詈之言直面斥之速縮汝手返汝甕次直面斥之羅舍微支時與甚豪不覺戟其食指厲聲復曰直面斥之！面斥之面斥之邁伊爾下其目曰吾殊不能更忍羅舍微支見有新題可資長論因進詰之曰敢問何也邁伊爾曰以吾自爲工人子也言既色乃大赧頸累累如腫淚灼然盈其眶旋又發語作破聲曰吾父誠庸工也特吾殊不能知是中有何弗善

羅舍微支聞言而震。當惶亂中。狀似重罪被訶。木然視邁伊爾。不作一語。冉尼亞伊羅達皆赧。亟俛首自理其琴。甚以其父爲蹔室中入寂。可一分時。乃有聲亂作。微弱而厲。殊難爲聽。吃吃曰。然、吾商人子也。且吾甚用之自傲也。邁伊爾蒼皇遂行。觸室中器具。似欲傾跌。與主人告別。疾走出廊下。雖車尚未駕。亦不復顧。

羅舍微支送之出。訥曰。君歸路且暗。車驅頗困。今夜月上遲也。二人並至階下。立以待馬。時天候頗寒。邁伊爾自結其外衣。漫問曰。君不見天半墜星乎。羅舍微支曰。然、秋候流星。爲景滋美。久之。車至門外。羅舍微支仰而視天。忽歎曰。景色佳。殊直弗闌美倫之筆。一揮寫也。……

客去。羅舍微支踯躅小園中。强自寬慰。既怒且益以慚赧。其第一事。即自知此舉事至鹵莽。自不謹慎。初不問客之家世。妄論哲骨。致引起如是乖戾○繼復○思○此○事○已○難○自○恕○以先○此○已○有○前○車○曾在○汽○車○道○中○與○生○客○談○漫僞○德○人○初不○審○客○亦○德○產○也○……復次○則知○邇○伊○爾○將○不○復○至○矣○蓋彼○輩○羣○中○睿○士○固類○多○兀○傲○固○執○易所○感○觸○而○强○於○報○復○者○羅○舍○微○支○喃○喃○自○語○且唾○曰○咄、事大○惡○……惡○……惡○！彼蓋○自○覺○所○爲○滋○謬○可致○哇○吐○如噉○齕○草○復曰○事○大○惡○！

羅舍微支自窗內覘○則見其女冉尼亞居退閒之室○披其髮○被驚○故色稍蒼白○森然與其妹語○狀若震○……伊羅達徐步○進退室隙間○入思甚深○已而返語○爲狀亦激○且有怒容○未幾○二人並語○聲嚚然○羅舍微支傾聽○不能辨一詞○惟大略知論列必爲此事○冉尼亞怨訕其父○謂喋談弗置○已逐家中佳客○使不再來○今又奪其新友矣○且以理勢言○則此少年弗遠將爲東牀之壻○今乃乖於一時○使彼在全村落中更不能別得一地○藉以息其魂

意伊羅達則擧兩腕示其絕望之狀森然自怨其閨閣生涯至爲厭勸且恨青春之將就衰也

羅舍微支入臥室坐榻上徐徐緩其結束還自念慮思境乃奇困如被窘迫意甚弗適如啖鹻草且甚自羞愧方解衣時悽然視其老人之脛瘠而修肩理皺縮因思在此村中已負戚施之惡名凡有言論無不足爲己羞殆有定命莫可移易故事多終戾當其壯始之時行甚和易內稟好懷嘗自字曰老僮曰神思之士曰堂克訶第顧積漸變易初弗自知進於漫傌好爲雌黃其尤怪者乃喜竭其心意肆力評隲論斷藝術及於學問道德雖僻處荒村凡所讀一書或涉歷世間事大抵二十年前事物而性終如是即坐作簡書有所賀頌亦必終以惡言雌黃及於萬有彼一經反燭自視已成蹇翁覺諸凡變遷此其最異矣殆如暗有惡神持其身心強灌注

之俾滿以憎惡而作不平之鳴者。

羅舍微支登榻而臥歎曰事大惡事大惡哉其二女亦不能睡狂笑恨聲響盈一屋冉尼亞且蘊情緒之疾未幾伊羅達亦啼又少選聞侍婢跳足奔走廊下聲往來者屢羅舍微支又歎轉輾久弗得寤自語曰吡恥辱！事大惡久之入寐顧惡夢見襲使弗能安自審立一室中裸裎不著一縷高如斑鹿戴其食指而呼曰面斥之面斥之面斥之大恐而寤覺後第一事入其靈臺即記昨宵曾有大失邁伊爾永不再至復慮及銀行中之利子又當爲二女覓得快壻而己則須飲啖又念己病且老與所遇之乖戾且冬候又逐人而來而是間復苦無薪木也

晨九時羅舍微支徐起被衣飲茗數甌啖餅酪二片……二女皆弗來共食蓋弗欲覩其面也羅舍微支遂慍獨臥書室胡牀上者少頃起就書案

作簡致二女兩手皆振目蘇然而痒書曰今老矣無人見需亦無人見愛故將乞兒輩相忘逮老死時爲艸葬薄櫬無儀或送諸伽爾軻夫俾解剖學室之分割……羅舍微支書時覺是簡中有怨意哀情發於行際……

惟初不能自已書之益下益下

戚施！有聲作於隣室則長女之聲也聲怒且嘶曰戚施！

戚施！少女應聲而和重曰戚施！

（作人）

塞外

俄國 契訶夫 箸

老人綏蒙。諱名多爾珂徵(此言智士)者。偕韃靼人無名氏。坐川畔燎火之次。別有渡頭舟子三人。臥艸舍中。綏蒙年六十。癯而無齒。惟兩膊廣博。顏色尙健。方飮酒。使彼不以囊中酒瓶故。高臥久矣。顧今不歸。懼舍中火伴乞伏特伽酒也。韃靼狀疲且病。敝衣藍縷。爲老人述居新比爾斯克時歡樂之事。且言家有少婦。因盛譽其美慧。其人年可二十五。惟今在火光中。容色暗澹。若猶僮子也。老人曰。然哉。此間安能云樂土者。試觀物色。一望可盡。水也。岸也。壤土也。如是而已。他復何有。今聖節已過。川中猶有流冰。今晨且復雨雪。韃靼慄然四顧。呻曰。悲哉悲哉。

去二人不十步川水在焉色黑而寒冽宛轉流黃土峭岸間疾趣海中聲澌澌如語有巨桴繫岸邊舟人偁之曰加爾波思隔岸遠處見火光如小蛇匍匐谿中時起伏相糾結此蓋野燒去宿艸者也火後冥色復合川中冰片觸桴作響歷歷可聞四周何有冥耳寒耳

韃靼仰視空中見明星無數冥天在上不殊故鄉第有所闕在新比爾斯克無如是星光天色也遂重言曰悲哉悲哉老人唉曰若曾當安之耳今汝幼且昏口上乳汁未乾也以幼昏故遂思世人困苦無過汝矣第他日時至汝當曰神造人生都如是耳曷且視我比復七日川水下僅容小舟汝可往鮮卑行樂獨吾留此往復操舟吾守渡於此二十年矣魚鼈居水下而吾息其上然神可謝也吾無所需神造人生都如是耳韃靼取木葉投火中移身近之曰吾父方病死後母妻當至已許我矣老人曰汝何需

母妻者兄弟速止汝念此皆大愚惟鬼魅爲厲使汝作是念耳咄勿聽之鬼如爲汝言婦人可應之曰吾無需此彼復言自由亦應之曰吾無需此汝百無所需父母妻子家屋自由汝皆無需言次舉瓶飲之曰兄弟視我亦非常農神甫子也昔居古爾斯克嘗御重裘今也能裸臥地上瞰野艸矣神造人生都如是也吾無所需亦無所懼吾知世無有人更自由富厚踰我者吾初自俄國至此便自决曰吾無所需鬼果令我念家人諸事吾應之曰吾無所需吾己揮之去故今能安居無復怨恨矣人如讓鬼一步或聽其一言其人即亡無可救治彼已陷大澤中至於滅頂不復能出矣」汝勿謂惟吾儕愚民始有此事即名家績學之子其自喪亦然耳十五年前有士子自俄國來蓋緣爭遺產有不義事或言其人系出公侯家或身爲長官亦安可知者彼既至此便在穆訶丁斯克購一宅及土田數頃自

言曰。吾今當力作自養。以汗易食。緣吾非復士子。惟罪人耳。吾聞之曰。善哉。彼惟此道而已。顧其人少壯好事。喜談咲。恆自刈艸捕魚。或一日騎行百二十里。此卽其禍種也。第一年時。彼時赴吉理諾郵局。歸輒立舟中。歎曰。咲、久矣。家人不將錢至矣。吾答曰。威昔利•舍爾該支。汝何需錢。爲錢奚利於汝。可去故道。前事如夢。過絕之。勿復念。然後更始。吾曰。愼之。勿爲鬼惑。彼第能禍汝耳。今汝但欲得錢。他日將無不欲得矣。汝望安樂。當無所需。然哉。……吾恆以是語之曰。宿命已絕爾我矣。若猶低首下心向之乞憐。無益也。汝當藐視彼。且咲之。爾時彼亦將自咲耳。吾恆語之如此。

二年後。彼一日忽驅車至渡頭。其狀熙熙。自摩兩掌且咲。語我曰。吾今往吉理諾。迎吾妻。彼憐我。今至矣。彼蓋佳婦也。時大喜。氣息不屬。次日果偕婦返。婦少艾。戴冠。臂抱一女。威昔利繞之走。平視久久。且盛偁之曰。綏蒙。

然乎。雖在鮮卑。人猶可居也。吾自語曰。唯、第彼未必長作是念耳。爾後每七日。彼必騎赴吉理諾。詢家中有錢至未。以彼需錢。初無氐極。嘗語我曰。吾妻以我故。自葬其華年於鮮卑之野。且分負吾之窮愁。故吾亦當爲尋歡樂。用相報也。彼又懼婦孤寂。則盛與官吏諸人交游。顧既有友朋。自當設饌。留之飲酒。須購洪纖（樂器名）一具。小犬一頭。臥胡床上。一言蔽之。奢侈而已。繁華而已。……顧婦亦不久留。彼何能與之留者。泥也。水也。寒也。無卉木。無華果。惟有熊羆醉人爲伴。而彼則聖彼得堡婦人。慣於愛護者。……彼自厭勸之矣。……且其夫已非男子。第罪人耳。……三年後。吾猶記之。是日爲聖母祭夕。吾聞隔岸有呼聲。棹舟而往。乃見夫人。以衣羃全身。偕一少年官吏。別有一車。既渡。二人上車遂去。及黎明。威昔利疾馳而至。問曰。若見吾妻偕一男子戴目鏡者去乎。吾曰。然、今惟大野追風耳。彼驅車逐之。凡行五日。逮吾渡之返。威昔利自投舟中。以首撞舷而號。吾大哭。且警之曰。雖在鮮卑。人猶可居也。第今則益塞矣。

爾後。威昔利遂一意求得免罪。其妻已返俄國。威昔利欲一見之。且招之往。乃日日奔走。初至郵局。次則遍謁長吏。又上書陳情乞赦。俾返俄國。自言即電報一節。已費二百羅布矣。乃以田宅質諸猶太人。時髮漸斑白。且駘背黃耇。貌若病夫。每有言。淚輒承睫而下。奔走上書凡八年。顧生意復蘇。別得慰藉。其女今已長成矣。威昔利溺愛之。使以實言。女誠美好。色微黑。且倜儻可人意。每禮拜日。威昔利攜之赴吉理諾。並立舟中。女嬉笑。父則凝睇。且語我曰。然、綏蒙雖在鮮卑。人猶可居。且歡樂也。試視吾女。何如。若行千里。不能得一。是誠然。女貌良美。顧吾自語曰。姑待之。女年少血氣方盛。欲得生耳。顧此間有何生趣者。無何。女果漸惆悵。初而憔悴。繼而脫瘦。終乃病。今且弗能行立矣。瘵也。此汝在鮮卑之樂也。亦鮮卑人生也……
……而威昔利則終日驅車要醫者。載之歸家。或聞人言有名醫或術士。雖去此可五六百里。亦必往速之。……彼以是投巨金。數不可計。不如飲酒勝耳。……女會必死。莫能相救。彼亦將喪。或哀傷自縊。或遯返俄國。此皆等耳。遯者必復見捕。定讞爲城旦。爾後……韃靼寒戰曰。第於彼甚善。老人曰。何善耶。韃靼曰。妻也。女也。……縱彼多苦難。或得罪戾。顧終得相見矣。……汝言百無所需。然無者不佳。彼妻同居三年。神所許也。無者不佳。然三年佳。汝不解耳。

韃靼被寒而戰。強作俄語。殊苦詰謅。乃禱神求援。俾勿客死異域。藁葬玄土。設其妻至此。即僅一日一時。亦已意滿。雖以此身受苦刑。亦甘之矣。隨復自述當時去家。獨遺少婦。婦美且慧。已而以手加頭。號泣不已。且力語綏蒙。謂己實無罪。枉被株累耳。其叔與二兄盜鄉人馬。又撻老人垂死。顧衆枉法。遣其兄弟三人至鮮卑。叔家多資。乃獨得免。綏蒙曰。汝會當安之。耳。韃靼。無。言。惟以。淚。眼。視。火。色驚。且。疑。如不。自。解。胡。不。居。新。比。爾。斯。克。乃在。異。地。臥寒。冥。中。也。老人臥火旁。默然獨唉。又微聲作歌。已而語曰。女與父居何樂者。彼愛其女。足慰晚年。斯誠然。第其人不可近。蓋一老人。嚴厲乖張者也。特汝對女郎。無需嚴厲。女郎所需者。盈存耳。嬉唉耳。蘧澤耳。唉、遂蠢蠢起立曰。伏特伽已盡。此即睡時至矣。兄弟。吾今去矣。

韃靼又以木葉投火中。復臥而思。念其故鄉少婦。使婦果來。即留七日或僅一朝。復去亦善。蓋一日終勝於無也。雖然。設婦踐約竟至。將何以食之。且安居乎。乃朗語自問曰。第汝胡能不食而生乎。彼日夜棹舟。傭値僅十戈貝。有時行人或有賜與。爲作茗酒之資。顧悉爲舟人分得。不以相畀。惟唉之耳韃靼貧故寒餓且恐懼全身皆痛且戰即返臥舍中亦無物爲覆今雖露坐顧猶得焚火自昷耳比復七日川水下舟人皆散綏蒙獨留韃靼復當游行村落乞食人家或求工作其妻方十七歲嬌小美豔安能露面行村中隨之乞食耶思之良足懼矣已而韃靼仰視時已黎明水中巨桴波文及岸頭楊柳皆朗然可見若反顧則見黃土坡陀下有茅舍一椽作蒼色坡上復爲人家村中雞聲今已唱矣

黃土坡陀巨桴川水異地惡客飢寒疾病實乃無是也韃靼自念曰此殆夢耳時自覺酣睡且聞鼾聲方居故鄉第呼妻名妻且亦呼而應之其老母則臥鄰室中……惡哉夢也……胡自來耶……韃靼微唉启其目此何川耶其伏爾迦川水乎

雪降矣

隔岸有人呼曰嘻舟人韃靼起往醒其伴未幾皆出力披羊裘且行且傌時睡意未去見川水混混寒風中人如覩惡夢衆蹣跚步入舟中韃靼偕舟子三人執槳槳長而廣暗中視之如蟹螯絨蒙支舵岸上呼喚不息且發銃二響客蓋疑舟人皆睡或方在村中酒家也老人應之曰汝會得及耳凡事畢究皆等汝雖譴詈亦無益也言時聲甚莊如深知在此世中無需汲汲者互桴離岸自柳叢中出柳枝披靡而動因知桴已行也衆徐徐引槳絨蒙支舵左右推移躍身過空中作弓形在朦朧中乃似其人坐長爪古獸之上乘流而去以入荒涼夢國也已而出柳叢桴至水面槳聲欸乃可聞隔岸行人猶呼喚不絕約十分時桴觸岸隆然有聲絨蒙以手拂面去雪且喃喃曰雪猶下雪猶下是何來者惟神知之耳

岸上立一老人低小瘦削衣狐皮短裘白羔之冠木立不動凝神若有所

念。顧不可得。又若恚怒。綏蒙微唉前。敬下其冠。老人乃曰。今當疾趣安那
斯多舍夫伽。吾女病益亟。吾聞彼地有醫師方至也。舟人曳車至桴上。隨
退。而綏蒙所俻威昔利者。尙兀然凝立。竭力自握其指。逮御者乞許得瞰
煙艸。亦不應。若無所聞。綏蒙扶柁。睨之言曰。雖在。鮮。卑。人猶。可。居。也。雖在。
鮮。卑。時意乃大得。如自喜言中者。見狐裘老人顏色慘沮。益悅。及抵岸。乘
方駕馬。綏蒙前曰。威昔利•舍爾該支。此時行道。殊苦泥濘。不如且住。待十
餘日後。路當乾涸。且或不如弗行佳。……使行必得當者。去固亦可。惟汝
自知將永久奔馳。終無所得。……然乎。客不語。惟出錢與舟人。登車而去。
綏蒙寒而戰栗曰。更。求。醫。師。去。矣。然、今將。往。求。名。醫。大野。追。風。拔。鬼。尾。耳。
嘻、異哉。若。輩。也。神。恕。吾。罪。人。韃靼直前睨之。如憎且惡。已而戰栗。操俄語
襍以韃靼方言曰。彼善人。善人。然汝則惡。汝惡也。彼魂善。然汝則一獸。……

：彼生。然汝則死。……神令衆生皆知哀樂。而汝無所求。……汝乃一石。
……土耳。石無所需。而汝無所需。……汝乃一石。神不汝愛。然神彼愛也。
衆大。咲。獨韃。靼。鬱。蹙。搖其。首。自褎。其。衣。復返。火。次。綏蒙。亦。偕。伴。入。艸。舍。地布。乾。艸。一人。到。身。臥。其。上。沙聲。言。曰。冷哉。或答。曰。然、今日。殊。不。盈。也。奴子。生。涯。耳。
衆皆。臥。戶當。風。而。闢。雪華。入。室。顧無。人。起。而。閉。之。者。衆孏。且。冷。也。綏蒙。曰。是於。我。無。傷。神造。人。生。都如。是。也。一人。應。曰。汝本。天。生。爲。奴。鬼且。弗。攖。矣。
時忽。聞。室。外。有。異。聲。如。犬。嗥。者。或曰。何耶。孰在。外。者。或答。曰。韃靼。啼。聲。耳。
曰。異哉。若。翟。也。綏蒙。曰。彼會。當。安。之。耳。隨入。睡。衆亦。如。之。惟戶。終。未。閉。

（作 人）

邂逅

俄國 迦爾洵 著

一

吾屏絕思惟者已垂二年今日胡復動心殊不自解意未必由彼一人遂能撩吾情思吾閱人多且亦狎聞其言矣凡客造我使非舊識或儇黠解事者靡不言及此節顧無益也人恒先詢吾字年齒幾何往往作悲色曰汝豈不能離此惡趣耶吾初聞而苦之然今則習矣凡事習亦安之耳顧半月以來吾每當不歡｜即當不醉吾非酩酊胡能歡者｜或獨居時恒有所思意弗欲而不能止且無術足驅此愁惟至一處人皆泥醉狂踊

可暫相忘耳吾乃亦飲且蕩逮神思淩亂百事皆忘差堪受耳自當日夬意自放以來胡未嘗爾吾居此室二年惟如是自遣時詣金谷及水精宮爾時吾縱非樂猶能忘憂第今則有異矣

勸哉抑何其惷也特此亦同耳吾將無變吾將無變以吾不欲變也吾措於此自知前路吾見蜻蛚襍志—有吾伴攜以見示且時攜之來如有所諷者—中有一圖圖作女兒抱偶人而立旁坿二圖一自小兒而上爲孰中女郎次爲少婦次爲諸兒母末爲一媪其一自小兒而下爲肆中庸女狹一簇次則我也我也我也其第一我如吾今日次則執帚方洒埽通衢至第三人狀至可憎一老醜之媪矣然吾自知當不任其至是使更幸存二三年則額加德林濛中耳吾氣力猶足爲此無怖也

戾哉此畫師也胡以塾中女郎必爲少婦次爲人母次爲祖母耶若吾則

何如幸也。吾在納夫斯开猶能以法德二國文章自見。且未忘作書記誦 Calipso ne pouvait se consoler du départ d'Ulysse. 之句。普式庚來爾孟多夫箸作以及百事。如當年攷試及丁大難孤零無寄依親屬以居曰吾留此孤兒也。又如彼罔人其言甘而毒吾當夢夢其樂何極。更如虛僞穢德逼於淸白人羣吾即自此中出至於今日至以伏特伽酒自醉也……然、即伏特伽酒吾今亦飲之矣。使中表女弟阿爾迦•尼珂羅夫那聞之必驚曰 Horreur（誼云怖人）矣。

然也此寧非 Horreur 耶。第於我何責。八歲以後即錮居四壁之中獨與小兒老嫗爲伴。逮十七歲時使不遇吾豔友髮作時樣者而得見君子。則今日事亦正未可知耳……抑言何其罔也。世果有君子與。吾半生中幾曾一見。吾所知者衆。顧無一能令我不有憎恨者。今云世有君子吾其信之與且試察此間來者何人丈夫棄其少婦名門之兒僮—大都兒僮年十四五耳—亦至亦有禿頂衰翁一足已入墳墓矣吾遂益不能信此說也」吾縱卑賤受人鄙夷顧如是人則又胡能禁吾之鄙夷者吾嘗見一德國少年肘上黔作文字其人語我乃新婦名也又以瞋目睨我曰 Sagt aber bist du meine Liebe, allerliebstes Liebchen. 隨誦赫納之詩數章且傲然言赫納者德國詩人顧其上尤有雄者為瞿提希籟如是詩人惟日耳曼名貴之民始克有之耳吾是時甚欲爪裂其面顧弗為此第取少年所與亦酒飲之百事皆忘矣

* * * *

吾奚慮將來為者吾知之審矣復奚懷既往為者塵迹因陳中殊無勝吾今日者然此誠言也使有人乞我返初服與彼士女髻髮挽髻作時世妝

言詞令美者相處吾亦將不復返惟留此間死於吾業矣

然吾有所業且吾亦應有亦所當也一日有僮子詣我雅善言談爲吾誦書一章且曰此哲學家言吾俄國哲學者也吾察其言誼極汗漫特似左祖吾儕哲學者力偁之爲保安門調劑人情者……其用語甚鄙故知哲學家亦必劣者耳而僮子復屢誦保安門一言尤可恨也

一日吾復念及此事曩法官鞫我謂害風教當罰鍰十五羅布讞詞方下而聽衆皆起吾不覺自詫人胡鄙夷我如是耶衆固許我操是賤業以盡吾至惡之職特是亦職也法官自盡其職吾思彼我殆皆……

吾無所思惟自覺方飲百無記念神思陵亂矣……吾腦中諸意襍起如彼大廷吾今宵當妖舞於是如列多夫斯开別院以及此室惟當洪醉時始能居之耳吾顱顬震躍吾聞聲如歌謠吾頭岑岑然覺萬物滕擲爲之

不寧而吾身亦飄盪不知所氐……吾欲自止得一物爲援——即一艸亦可——顧吾併一艸且無之也此誑也吾有之且非僅一艸或更强有力者未可知也第吾湛溺已深殊不欲引手扶之矣

* * * *

時爲八月之末。吾猶記之。是日蓋清秋薄莫也。吾獨行公園中。因與斯人遇。是人無殊色。惟和易善言談。乃述其身世同寮情況。自言年二十五。名伊凡•伊凡諾微支。其貌不惡。顧亦非美。與吾談甚稔。如素識者。至舉長吏履歷及部中貲事相告。已而別去。吾亦忘之矣。顧一月後。乃忽復見。而貌甚瘦損。黯淡不歡。入室時。吾見之而驚。幾不相識。彼曰。君尚識我乎。吾時已記之。乃答曰然。彼色赬。徐曰。吾意君已忘之矣。以來者衆……語忽中絕。二人據胡牀遙坐。如初相見者。容態莊謹。且執冠手中。坐久之。遂起。鞠躬。微歎言曰。那及什陀·尼珂羅夫那。願晚來佳也。吾聞之大驚。蓋吾此間不名那及什陀。人併雅夫格尼亞也。乃怒曰。若胡乃知吾字耶。吾語至暴。彼亦驚絕。曰、那及什陀·尼珂羅夫那。吾不爲君害。夬不語人也。吾識警吏彼得·威昔勒微支。因以君事告我。吾欲言雅夫格尼亞。而不覺舌强。至言那及什陀也。吾曰。然則若來何爲。彼無言。惟黯然視吾面。吾怒曰。來何爲者。若胡爲念我。否否。若勿復來。吾不欲若爲吾伴。吾無伴者也。若來何意。吾知之矣。若聞警吏言。則自念曰。此奇事也。以有學女子。乃至於此。若欲援我乎。趣去。吾不求若援。吾寧獨腐於此。不樂……吾視其面。語忽中斷。覺彼聞吾言。句句如被梃擊。寂然不聲。第其顏色已足默我矣。彼旋曰。那及什陀·尼珂羅夫那。晚來佳。吾言傷君。且亦自傷。至爲悵悵……晚來佳。

言已。遂出其手。吾不能更拒。彼握之。隨、出。吾聞足音下樓。又從窗內見徐步過庭。垂其首。步躑躅如欲仆。及門。忽反顧視吾窗。隨隱不見。斯人。或吾之援手也。吾僅一言。便可立爲人妻。其人固窮。特亦良士。或由帝怒。更賜一子。則爲人母。亦未可知耳。（以上那及什陀記）

二

今日雅夫綏·雅夫綏支語我曰。伊凡·伊凡諾微支念之。吾老矣。若聽我。邇來漸不自檢。君憤之哉。毋自招悔尤也。老人乃訓我久久。初不直達。惟委曲出之。初言職司及門第之不可辱。次言長吏及吾身之事。終則及吾隱。吾儕時共坐酒樓中。那及什陀恆偕伴來會其地。雅夫綏久有所知。又以言銛我。吾不覺盡吐其實。弗能自持。且幾號泣如嬰兒。老人怒曰。豎子不足與言○若乃多情○如媪耳○若少年○胡不更事○乃爲賤婦人憔悴至此○咄丶彼倡耳○何干汝事者○使爲清白女郎○或當別論○第此人者○若不以君故……雅夫綏語止○廻首而唾○爾後彼復言及此事○滋以爲憂○第不復作惡語○蓋知吾不樂聞之也○顧雖勉强自制○卒不可得○初固悠然而談○及終○乃輒如故○勸吾去懷○勿復念此云云○

吾初○亦○未○嘗○眛○眛○恆自○念○慮○如老○人○言○者○屢○矣○吾久○欲○去○懷○弗復○念○此○時亦○非○止○一○日○顧此○念○方○已○即不○覺○復○出○室○門○足自○引○我○至此○街○上○……爾時女至○傅粉塗黛○披絨衣○冠獺皮之冠○迎面而至○吾亟避道周○俾不能見我尾行其後也○女至路隅○復轉身返○傲然睨視行人○或與問訊○吾遙從其後○恆見背影○逮忽有來者○止女共語○女應之○旋返身偕去○……吾亦從之○……時即道上騈以鋒及○吾傷痛當弗踰此○吾彳亍行○舍二人外○目無見○

耳亦無聞。……

吾目不旁視。亦不審何往。惟木然眙目徑行。與行人相撞。時見叱詈。或相推排。吾一日且撞小兒仆於地。

二人前行。左右曲折。已而及門。女先入。男子繼之。不知由何禮數。男子入門。乃恆爲女讓道也。時吾亦進。其地有小屋。與窗相對。側爲艸屯。懸一梯。循之上。有版造平臺。而無闌檻。吾即就坐。從臺下际蔽窗素幔。……

今日天雖洌寒。吾復身在異境矣。吾寒甚。兩足既僵。而立如故。呼吸發爲水气。足漸死矣。庭中時有人過。顧無視我者。皆談笑自去。道上時有醉人。歌聲—歡娛哉。此街也—或相喧爭。又有門者。以鏟去雪。觸地有聲。吾聞衆響。悉不爲意。猶洌寒之侵吾足也。人聲寒氣。及吾兩足。於吾。泊然迢迢。去之已遠……吾足劇痛。特吾心尤有痛者在也。彼豈知有人相慕。苟能相。對。一。室。即屬。至。樂。不必。握。手。爲。歡。第見。顏。色。斯已。足。矣。又或。苟能。相援。脫此。惡。趣。雖自。投。烈。火。且亦。甘。之。耳。彼豈。欲。得。脫。耶。顧彼。乃。不欲吾至。今日。猶。不。能。解。其。故。蓋吾。終。不。信。其。汙。染。至。是。吾不。信。此。以吾。知。其。不。然。—以吾。知。彼。—以吾。愛。彼。—愛之……(以上伊凡記)

* * * *

伊凡隱几而坐。曲兩肱匿其面。而肢體時復戰栗。侍者前。拊其肩曰。尼啓丁先生。君毋爾。……當衆人前。……主人且怒。尼啓丁先生。君勿復爾。盍且興。起。伊凡擧首視侍者。其狀清醒。未嘗飲酒。侍者見之。即自省其誤。伊凡曰。綏。蒙。無他也。今與我火酒半升。侍者曰。惟此他何物。伊凡答曰。此他。……厄耳。……否。酒非半升。將一升來。止止。吾今即出。酒錢。且賸以二十戈貝二枚。一時後。可以車送我歸。若知我居處乎。侍者曰。唯、第吾不解……

：侍者蓋大惑。爲酒保數年矣。而初覩如是事也。

伊凡忽曰。止、吾不如自行佳耳。乃起。整衣而出。轉入置後儲酒之地。窗下列酒瓶。秩然有序。下數苦蘚。瓶上帖各色紙片。映著鐙火。光煜然。未幾。伊凡復出。持酒兩瓶。歸什克爾堡氏寓居。自鎖其戶。（以上記事）

三

俄而。百。事。都。忘。忽復。警。覺。矣。二日。以。來。日日。行。道。上。吾何。能。堪。之。耶。今日。吾。頭。作。痛。骨亦。痛。全身。皆。痛。吾體。甚。矣。且苦。悶。悵。好爲。愁。苦。無。益。之。思。安得。有。人。爲吾。破。寂。乎。（那及什陀記）

* * * *

門上鈴忽鳴。如應念而至。有人問曰。雅夫格尼亞家居乎。婢應之曰。然、敢請入室。隨聞步聲起廊下。疾而不隱。室門陡闢。伊凡已見。時風度大變。不復如一月前來時儒雅自好。頭上斜著一冠。帶深色領結。盛气而入。而步履蹣跚。身作酒臭。那及什陀驚絕起立。伊凡曰。問今日無恙。吾來就汝矣。遂坐門側一倚中。伸其足。亦不去冠。女無言。伊凡亦然。使非湛醉。女當與問訊。顧今惶惑失措。方思索應對之術。而伊凡遽大言曰。善、吾今來矣。……俄又怒呼曰。吾自應得來。乃忽蹶起。挺身而立。冠墜。黑髮亂垂。被其面。目光暴發。狀甚獰惡。那及什陀震恐。耎語慰藉之曰。伊凡·伊凡諾微支聽我。君就我。吾甚樂之。第今且歸。君醉矣。今且歸去。更待清醒時來也。伊凡頹唐復坐。喃喃自語曰。懼矣。馴矣。……顧忽復狂呼曰。第汝何故逐我。何故。汝知我飲酒。實蓋爲汝。吾昔非醉人也。汝胡乃誘我者。今試告我。遂大哭。氣息哽塞。淚循頰而下。滴入口中。唇吻攣縮。嗚咽至不能言。未幾乃曰。

凡女子。當無不欲離此惡趣者。吾願力作如一馬。—汝安享其福可耳。汝試告我。吾以何故。乃見憎惡至此。女無言。伊凡又曰。汝胡不應。趣言之。隨意言之。必有言乃可。吾今日誠醉。顧醒時不能至此地也。吾神思清明時。懼汝何若。汝知之乎。汝能柔我。使繞指上耳。設汝詔我盜。吾便盜。詔我殺。吾亦殺矣。汝知之乎。汝良聰慧。知萬事也。如汝弗知。—那閣。吾摯愛之人憐我。……言次跽於地。女仰首。負手倚牆而立。木不一語。定目如有所視。彼今胡聞。亦何見耶。其見此丈夫匍匐足下乞其愛。將何所感。憐耶憎耶。女欲憐之。顧不可得也。伊凡所爲。第能招其嫌惡。無他情愫矣。況今日泥醉穢亞。呼泣求乞。固惟能令人憎耳。他更何有耶。

伊凡數日前。即曠職不事。且日日縱飲。冀假酒自遣。已鎮其情思。惟居家狂飲。自振其气。欲造女一罄其隱。顧行欲何言。則不自知。惟恍忽自計曰。

吾將盡言之披吾心言之也久之意始決今遂至而陳詞雖在醉中亦自知此舉非善未足回其意向然竟行不顧惟覺語勢不祥己身如隨之淪陷且似輓索頸間漸益切迫伊凡言甚長而不相聯續既而聲漸低久之勸眼忽合仰首枕倚背上已入睡矣

那及什陀倘癡立舉目上視承塵以指彈壁自念曰吾將哀憐之乎否、此何能爲將嫁之乎第安敢者是亦自鬻其身與今等耳否、不可且或甚於此也女亦不知胡以更甚特自覺如是而已又思曰第今也吾業少著明耳人人鄙夷各得撻我吾受辱亦已至矣而爾時何如者於我詎有微利亦等是爲倡特不若是顯耳今彼坐而湛睡仰首張其口顏色慘白如死人衣皆染滓蓋輾轉地上故也坌息欲窒時作鼾聲……然顧不久且愈當復爲恂恂儒雅士矣否、不然意者彼一得我必將以前塵相窘吾不能堪也。否，吾寧留此。且爲時亦暫矣。女遂披衣肩上，出室闔其戶。伊凡聞聲驚起，芒然四顧，覺臥不甚適，乃蹣跚至榻上，仆而睡。及莫始寤，頭岑岑然痛，而心神已醒，自審所在，便奔而去。（以上記事）

* * * *

吾出室，倀倀不知所往。今日天气大惡，色甚陰晦，濕雪飄著吾面，且落手上。倘得安居家中，當甚佳勝。第吾焉能安居者，彼行且敗亡矣，吾將何以救之乎？吾不能回心愛憐其人乎？嗟夫，吾念此心魂皆灼矣。吾殊不自知，胡弗乘此時機，求自振拔乎？使嫁之，則何如……新生也，新希也……安知，不由憐閔，遂生摯愛乎……否，不然。彼今雖甘舐吾手，不異一犬然。爾時者……將以足踶我，曰，唉，汝復強項矣。汝賤婦人，乃藐我與……彼會當言此乎？彼殆將言之也。

是間○惟○一○策○足○以○拯○我○吾思○之○已○久○將來○殆○必○出○此○矣○第在○今○日○猶泰○早○也○吾猶○幼○少生意○尙○多○吾欲○生○也○吾尙○欲○能○觀○聽○能知○覺○欲仰○視○天○色○及○納○幹○之○水○也○

吾今○方○在○隄○上○隄內○有○廈○屋○渠○渠○隄外○則○納○幹○黑○水○也○不數○日○堅○冰○當○解○水復○碧○色○矣○岸上○公○園○艸木○皆○放○新○葉○小島○三○數○色亦○漸○綠○春色○至○矣○雖曰○彼○得○堡○之○春○日○特終○是○春○日○耳○

吾此○時○惝○恍○如○懷○陳○迹○見兒○時○末○次○春○光○矣○時方○七○歲○偕父○母○居○鄉○間○地近○大○野○家人○任○我○得隨○意○嬉○游○吾猶○記○時○方○融○雪○谷中○流○水涓涓○有○聲○如○私○語○气候○晴○佳○其始○山○椒○漸○露○碧○艸○嫣然○皆○見○已而○大○野○轉○綠○惟谷○中○有○積○雪○方○融○不數○日○牡丹○發○牙○如久○伏○地○中○瞬息○齊○出○者○其上○作○絳○華○色至○鮮○豔○天鷚○已○鳴○……

嗟夫。天乎。吾何罪。乃生入惡趣乎。此不視三塗尤甚耶。吾所忍受者何事與。……

循石級而下。有冰破成巨穴。吾不禁就之。視冰下流水。顧不泰早乎。然也。

今良泰早。姑待之耳。

抑樂哉。臨冰穴而立也。吾僅一滑足。特當微寒耳……一刹那頃。已在冰下。逐流而去。頭面手足與冰相擠。吾殊欲知日光能穿冰而下否也。

吾木立穴旁。久之不動。已而心忽靖定。不復有思。吾足已濕。顧不爲動。是日風不甚冽。特當風良久。不覺寒顫。而仍立不去。使堤上無人呼我。殊不自知凝立是地將至何時也。時聞呼聲曰。噫、女士。夫人。吾不應。聲又曰夫人。請上大道來。隨聞有人拾級而下。步聲橐橐。雜以鏗鏘之音。吾反顧。乃見警吏。垂劍拂石作聲。吏見吾面。忽變色前握吾肩曰。倡婦趣去。胡到處

浪游。汝或自投冰下。使吾儕爲汝賤婦多事也。吏蓋一視吾面。知我爲何人也。（以上那及什陀記）

四

日日。如。是。……憂思。來。侵。不間。一。息。吾將。何。術。以。忘。我。與安奴式伽擕東至。何人東耶。吾久不得此矣。文曰。那及什陀女士。吾自知貲貲。不足當君愛。第深信君心慈祥。當不樂苦我。今敢請君惠臨。緣今日爲吾命名之日。此實吾生初次要君。抑亦其最末矣。吾無親知。惟邀君趣來。誓不更以逆耳之言相迕。幸君憐我。伊凡·尼啓丁上。又一行曰。附白曩在君寓所爲。念之良用自慚。今請君以六時至。居址如上。

是書抑何意耶。彼乃以書抵我。意有所闕。彼將何爲。吾當往耶。抑否耶。欲共行止。殊不易言。使欲相圖。殆將殺我。或則……第即殺我。亦佳耳。吾往矣。吾將素妝。盡去粉澤。彼當喜是也。吾更挽髻。甚矣吾髮何細也。……吾取緇衣著之。披玄帞。加素色領袖。隨對鏡視之。吾見鏡中人。乃不復似前此雅夫格尼亞。能宛轉作曼舞者矣。因幾狂呼而出。蓋是。中。已。非。畫。眉。歟。粉。高。髻。入。時。笑。靨。迎。人。之。倡。女。惟一。婦。人。顏。色。慘。澹。憔悴。可。憐。目。大。而。哀。緣以。黑。影。—有似。生。客。—非復。我。矣。—雖然。此或。信。是。我。耳。其他。之。雅。夫。格。尼。亞。爲世。所。知。者。—乃爲。異。物。—據吾。身。心。—靡我。—殺我。矣。

吾淚。如。雨。哀泣。久。之。吾幼。聞。人。言。謂淚。可。以。解。憂。顧或。弗。應。吾心。益。戚。戚。未嘗。或。減。吾泣。適。益。哀。淚珠。點。滴。皆。苦。也。若他。人。猶。有。希。望。者。則淚。或。可。憂。解。第吾。何。望。耶。少選。乃抆。淚。出。

* * * *

吾詢什克爾堡夫人寓。即得之。有婢出迓。蓋芬闌人也。導吾至伊凡室外。吾問曰。吾進可乎。隨聞室中闔箱聲。伊凡應曰進。吾入室。見伊凡據案坐。方泥一柬。比見我入。亦無喜色。吾曰伊凡•伊凡諾微支無恙。彼亦曰。那及什陀•尼珂羅夫那無恙。因起。出其手。吾亦伸手。彼握之。色若微喜。顧又立隱。其容莊厲。曰、謝君惠臨。吾曰。君胡爲召我。伊凡曰。嗟夫。汝不知見君時。吾心如何耶。第君不樂聞此。……二人遂默坐。婢將茶具入。伊凡取茶及糖霜授我。又出果醬餅餌及醴酒半瓶。置几上。曰、那及什陀•尼珂羅夫那恕之。此草具。懼或迕君。惟勿怒。幸君爲我調茗且食。此蜜餌及酒也。吾方調茗注盞內。伊凡對我而坐。匿面陰影中。耽耽視我不已。吾爲不窘。色漸赧。張目對視。顧見伊凡尚凝視吾面。目即復下。殊弗知緣於何故也。詎以今日緇衣素面。不作蕩態。乃能化我。復如二年前嬌羞女郎乎。吾遂恚。鼓氣力言曰。君告我。胡俯視我者。伊凡驚起。徐步室中曰。那及什陀•尼珂羅夫那。君語勿如是魯莽。幸如方來時。吾曰。第不知君胡爲招我。將僅以默坐相視乎。伊凡曰。然、那及什陀•尼珂羅夫那。僅爲此耳。是無迕於君。特在我乃末次得見君顏色。聊足爲慰。君惠然肯來。且作此妝。初所不望。以是益感君意。吾曰。第君言末次何也。伊凡曰。吾行去矣。曰、何之。伊凡曰。那及什陀•尼珂羅夫那。遠矣遠矣。今日非命名之日。吾胡以書此。亦不自知。惟欲更一面君耳。吾初欲自出。待君道上。顧後乃决意招君。君竟肯至。願神賜君福。吾曰。伊凡•伊凡諾微支。吾何福者。伊凡曰。然、君有何福。汝自知良較我明也。言次聲微顫。曰、第吾視君勝。以吾且去。……時聲益顫。吾甚憐之。思前此遇之過酷。殊未爲當。且亦何爲者耶。第在今日。悔已晚矣。吾乃起披衣。伊凡驚起如被螫。問曰。若行乎。吾曰。然、時至當去。……伊凡曰。時至當去。……又其地矣。那及什陀•尼珂羅夫那。殆不如任我殺君爲愈乎。伊凡語極微。握吾臂。目光烱然。曰、愈乎。然乎。吾曰。伊凡•伊凡諾微支。第君且遣戍鮮卑。而吾亦不欲遠盡也。伊凡曰。鮮卑耶。……若意緣此遂不能殺君。緣吾畏鮮卑耶。否、……吾不能殺君。……吾胡能殺君者。……又坌息曰。吾胡能殺吾愛。爾時……吾……言次忽握我。擧之離地如孩提。且相擁抱。以口唼吾面。及唇上目上髮上皆遍。已而陡復釋手。疾言曰。去、今可去。君恕之。此其初次。亦最末矣。君毋怒我。那及什陀•尼珂羅夫那。趣去。……去、去。君來吾甚感。遂送我出。即入室鎖其戶。吾下樓。頭痛益甚。

任彼。自去。勿復爲。念。任我。自。遣。其。生。縲絏。哀。泣。亦已。足。矣。時至。且歸。休。耳」。吾行。漸疾。默計。當。易。何。衣。今夕。何。往。吾此。次。遭。遇。如滑。路。中。得。少。住。足。今茲。劇。已。收。場吾得。下。流。無。阻。湛溺。益。深。……顧心。中。忽。似。有。呼。者。曰。第彼。

今方自射矣。吾震驚止立。眼前百物皆闇。血凝不流。吾屏息……然彼自殺矣。闔箱方檢其銃。且寄書言末次……吾當馳往。或可及也。天乎趣止之。天乎。以彼授我。

吾震慴。前奔若狂人。與行道者撞。亦不審胡以上樓。惟記芬闌女奴啓門時惘然之面。及長廊闇黑。旁爲客居。復記吾直奔其室。……手方持環。遽聞室中銃聲一發。衆奔集。吾覺廊與人與壁與戶。皆旋轉甚疾。……吾遂仆。——似百物旋轉吾腦中。隨滅不見。（以上那及什陀記）

（作人）

謾

俄國　安特來夫　著

吾曰。汝謾耳。吾知汝謾。

曰。汝何事狂呼。必使人聞之耶。

此亦謾也。吾固未狂。呼特作低語。低極。咠咠然。執其手。而此含毒之字。曰。

謾者。乃尙鳴。如短蛇。

女復次曰。吾愛君。汝宜信我。此言未足信汝耶。遂吻我。顧吾欲牽之就抱。

則又逝矣。其逝出薄暗廻廊間。有盛宴將已。吾亦從之行。是地何地。吾又安知者。惟以女祈吾莅止。則遂來。觀彼舞偶如何婆娑至終夜。衆不顧我。亦弗交言。吾離其羣。獨煢然坐室隅。與樂工次。亘角之口。正當吾坐。自是中發滯聲。而每二分時。輒有作野唉者曰訶—訶—訶。

白雲馥郁。時復近我。則彼人也。吾不知胡以能辟除衆目。來貢媚於吾一人。顧一刹那間。乃覺其肩與吾倚。一刹那間。吾下其目。乃見頸色皎潔。露素衣華縫中。上其目。乃見輔頰。其白如象齒。髮亦盛製。計惟天神屈膝幽壠之上。爲見忘於世之人悲者。始有之也。吾又視其目。則美大而靖。憬於流光。目睛蔚藍。抱黑瞳子。方吾。相。度。時。其爲。黑。常。爾。爲深。邃。不。可。徵。常。爾。特能。視。者。又。止。一。時。恐且。不。逾。吾。心。一。躍。惟所。感。至。悠。之。久。至大。之。力。皆不。前。經。吾爲。之。悔。慄。痛。苦。似全。生。命。自。化。微。光。見攝。於。眸。子。以至。喪。我。—空虛。無。力。幾死。矣。而彼。人。復。去。運吾。生。俱。行。偕一偉美傲岸者舞。吾因得審締其纖微。凡履之形。膊之廣。以至鬈髮廻旋同一之狀皆悉。時是人忽目我。初不經意。而幾迫吾入於壁。吾受目。亦自平坦無有。若室壁也。衆漸滅火。吾始進就之曰。時至矣。請導君歸。女愕然曰。第吾偕斯人往耳。隨指一高華美麗。目不瞬及吾輩者相示。次入虛室。乃復吻我。吾低語曰。汝謾耳。而女對曰。今日倘當相見。君其訪我矣。

* * * *

及吾就歸路時。碧色霜晨。已見屋山之背。而全衢止二生物。其一御者。一我也。御者坐而沈思。首前屈。吾坐其後。亦垂首至胸。御者自有其思。吾亦自有。而吾輩所過長衢。垣後睡者百千。又莫不自具所思。自見所夢。吾方思彼人。思彼人謾。復思吾死時則若崇垣之浴曙色者。實已前見。吾死故其森然鵠立。有如此也。吾殊不識御者何思。亦不識睡垣陰者何夢。而吾

何思何夢人亦弗能知時經大道旣長且直晨光登於屋脊萬物未動其色皓然有冷雲覆都忽來近我接耳則鬧喉作濤聲曰訶｜訶｜訶

二

彼人竟弗至吾期虛矣莫色降自旻天而吾殊弗知奈何自昏入夕夕復入夜一切特如一遙夜思之慄然吾惟速期人之步反復往來第又不敢近吾歡所居僅往來相對地而止每當面進目必注琉璃小窗退則又延佇反顧者屢雪華如鍼因刺吾面而鍼復銛冷且長深入心曲以慸期之嗔恚苦惱來傷吾心寒風起於白朔徑趣玄南拂負冰屋山則挾雪沙俱下亂打人首復撲路次虛鐙鐙方有黃餤縈縈負寒而伏傷哉餤也黎明而死耳以是則得吾憐念彼乃必以孤生留此道上况吾亦且去矣居孤

虛凜冽中燄顫未已而雪華互逐正滿天下也

吾待彼矣而彼乃弗至時思孤燄與我殆有甚仿佛者獨吾鐙未虛已耳前此往來大道已見行人往往竊起吾後漸過吾前狀巨且黯次忽沒入白色大宅之隅旋滅如影而隅次行人復見益益密邇終又入緇色寒空而隱人悉重裹弗辨其形且寂然甚與吾肖意往來者十餘人蓋無不類我矣皆有待皆寒凍皆寂然又方深思悲哀而闃

吾待彼矣而彼乃弗至！

吾不知陷苦惱中胡爲不泣且呼也！

吾不知胡以時復大樂破顏而咲指則拳曲如鷹爪中執一小者毒者鳴者——厥狀如蛇——謾也謾蜿蜒奪手出進嚙吾心以此嚙之毒而吾首遂眩嗟夫一切謾耳——

既往。方在。方在。將來之界域泯矣。時劫之識。如吾未生與吾生方始。其在我同然。無不似。吾常生或未生。或常生既者—蓋吾未生與吾生方始時彼實已。君我而思之。尤殊異者。乃以彼為有名與質。有始與終。然不也。彼安有名。彼特常謾。彼特常令人待而弗至耳。吾不知吾何忽破顏而唉。時雪鏃方刺吾心。接耳則有唉作滯聲者曰。訶—訶—訶。

逮吾張目。乃見巨室明窗出青赤舌作微語曰。汝見誑矣。當汝孤行期待惆悵時中。彼方在是。妖冶謾詑。與偉美丈夫之侮汝者語。使汝能疾入殺之。則甚善。緣汝所殺特謾而已。吾力握匕首。莞爾答曰。諾。誓殺之。而窗愀然目我。又愀然言曰。汝弗能殺。蓋汝手中匕首。謾亦猶彼脇也。時吾影已失。獨小黃犢尚戰栗於冽寒斷壟中。與吾並留道上。寺鐘忽動。聲泣且顫。雪華方狂蹢。則排之直度皓氣。吾計其數。乃啞然。鐘凡十五擊。蓋蕭寺已古。鐘亦如之。其指時雖誠。擊乃恆妄。每迫守伺者疾登。急掣其痙攣之槌止之。嗟此者。艾戰栗悲涼之音。自且制於嚴霜。抑又爲誰謾者。如是徒謾。不甚愚且慘耶。

末擊已。宅門隨闢。有華美者降階。吾僅見其背。顧立識之。此驕蹇之狀。昨已視之審矣。吾又識其步。視昨益輕且有勝態。因念昔者自出此門。步亦常爾。蓋凡有男子。使方自善謾女子之脣。得其歘唼。則步之爲狀皆然矣。

三

吾切齒迫之曰。語我誠！而面目依然如冰雪。驚揚其眉。顧盼亦復幽閟不可徹。曰吾嘗謾耶。彼知吾不能示之謾。則僅以一言——以一新謾——摧吾覃思弘構。俾無孑遺。吾固期之。彼亦終爾。其外滿敷誠色。而內乃闇然。

曰吾愛君｜吾悉屬汝非耶

吾居適在市外大野被雪進瞰幽窗環野皆黮黯此外亦惟黮黯屹立茂密無聲野乃自發淸光如死人面目之在深夜｜巨室盛熱一燭方然其紅毯中死野又投以碧采吾曰求誠良苦苟知此吾其死矣顧亦何傷死良勝於罔識今在汝擁抱歔唏獨覺謾存……吾且見諸汝眸子……幸語我誠則吾亦從此別矣顧彼默然目睒睒直貫吾心斯裂吾神魂第以探奇之心覘我吾乃呼曰答之不者殺汝曰趣殺我吾生亦太久矣特汝以迫拶求誠誤亦甚哉吾聞言長跽握其手泣祈相感｜并以求誠彼則加手吾頂曰可憐哉吾曰幸柔汝心吾但欲知誠耳遂覘其額思此薄壁之後誠乃攸居因不覺作異念頓欲披其頭顱俾得見誠於此而躍然隱匈次者心房也｜又安得以此爪裂其匈俾一觀人心何狀時紅毯突發

悲。光。下然。及。跋。四壁。漸。入。暗。中。寂漠。悲。涼。怖人。欲。絕。

女低。語。曰。可。憐。哉。

黃燄。忽。轉。作。青。赤。光。一閃。而。滅。全室。黯。然。吾已。不。見。彼。人。顏。色。特覺。有。纖。手。觸。膚。遂亦。並。忘。其。謾。吾闔。目。去想。離。生。祇覺。其。手。而手。乃。誠。甚。在幽靖中。獨聞私語悵然曰。君擁我。吾甚怖也。——次復幽靖。次私語悵然又繼之。——曰君求誠耶。顧我豈知誠者。吾豈自不欲知誠耶。幸護我。吾甚怖也。逮吾張目。而微黯已蒼皇離罘罳。漸集垣上。繼乃自匿於屋角。有巨物作死色。臨窗來窺。似死人二目。冷如堅冰。來相踪跡。吾輩乃戰慄互抱。女則低語曰吁。吾甚怖也。

四

吾殺彼矣。吾旣殺彼。且目擊其殭死。當窗橫陳。白野外曜。則加足尸上。吠屑屑然。

咄。！此。吠。豈。狂。人。耶。！吾所。爲。吠。以匈。肊。朗。然。呼吸。頓。適。且中。心。闓。徹。蠱之。嚙。吾。心。者。亦。墜。耳。吾乃屈身臨彼人之上。觀其目。此巨而懆於流光者。時已洞闢。旣大且濁。狀如蠟人。吾能以指開闔之。絕不生怖。蓋此幽黑瞳子中。已無復藥叉。司謾訑疑忌。且啜吾血者寓之矣。比人牽我行。吾復失吠。衆遂恟懼。多畢瑟退去。或則先來相嚇。顧其目一與吾目大歡喜光遇。輙又變色止立。足若丁於大地者。

曰。狂人也。吾知衆作是言。蓋自謂已解幽隱之半。而一人獨不然。其人肥壯和易。頰如渥丹。乃以他辭目我。顧此辭也。則沈我九淵。目亦弗視光曜矣。曰、此可憐人也。言時至有情。不爲惡謔。蓋吾已前言之。是人固肥壯而和易者耳。

曰此可憐人也。

吾呼曰。否否。汝不當以是名我。吾不知胡爲狂呼。則自緣不欲令斯人悵恨耳。而衆緪生之謂吾狂者。乃又大怖而叫。吾視之啞然。道衆牽吾出陳尸之室。吾即迹得此肥壯和易人。斷斷作大聲曰。吾實禍人。！唯唯。禍人也。！

而此誠甚……

五

吾幼嘗見豹動物苑中。致凝構思之力。且梗塞吾思久久。此豹甚異他獸。狀不惘然。或怒目睨觀者。特往來兩隅間。由此涉彼。行迹反復相同。合於數術脅黃金色每行必觸檻闌之一不及他闌其首下銳頫而行目不旁睞檻前聚觀者或談或笑而豹往來自如視衆人蔑爾衆對此陰沈不可救之生象哂者二三其太半狀乃甚虔色甚悶嘿然徑行次復反顧而歎若已悟世所謂自由人陰實有類於柙獸者逌吾長而讀書且聞人言無窮之事則陡念此豹似無窮暨其苦惱吾己丞識之矣

而今者己亦往來石柙中弗殊此豹矣吾行且思……行兩隅間由此涉彼思路至促所思亦苦不能申似大千世界已仃吾肩而世界又止成於一字是字偉大慘苦謾其音也時則蜩蜩出四隅蜿蜒繞我魂魄顧鱗甲燦爛已爲巴蛇巴蛇嚙我又糾結如鐵環吾大痛而呼則出吾口者乃復與蛇鳴酷肖似吾營衛中已滿蛇血矣曰謾耳

吾行且思足次緇色之地俄乃化爲深淵其底不可極吾足若蹈虛身亦

越烟霧昏冥出於天外匈作一息則深處徐起反響聞之慄然響旣徐且嘶似本歷刧相傳而每一剎那輙留其力少許於烟霧質點中者吾知其物固如迅風能拔大木顚入吾耳乃不過一低語曰謾耳

低語怒我頓足叱之曰詎復有謾吾殺之矣言已疾退冀答不入吾耳而答仍徐出深淵中曰謾耳

嗟夫吾誤矣吾殺女子而使謾乃弗死吁使未以祈求訊鞫點誠火於汝心則憒毋殺女子矣吾往來柙之兩隅由此涉彼反復思且行

六

彼人之判分誠謾地幽闇而怖人然吾亦將從之得諸天魔坐前長跪哀之曰幸語我誠也

嗟夫惟是亦謾其地獨幽闇耳刼波與無窮之空虛欠申於斯而誠不在此誠無所在也顧謾乃永存謾實不死大氣阿屯無不含謾當吾一吸則嗚而疾入斯裂吾匈嗟乎特人耳而欲求誠抑何愚矣！傷哉！援我！咄、援我來！

（樹　人）

默

俄國　安特來夫　著

一

五月之夜。倉庚和鳴枝上。月光皎然。牧師伊革那支時則居治事之室。其婦趨進。色至慘苦。持小鐙。手腕戰動。比近其夫。乃引手觸肩際。嗚咽言曰。

阿父。盍往視威洛吉伽矣。

伊革那支不顧。惟張目上越目鏡。疾視久之。婦斷望。退坐於榻。徐曰。汝二人……忍哉。其語至末辭。聲乃甚異。顏色亦益悽苦。似以表父女忍心何似者。牧師微笑。漸起闔書。去目鏡。收之匣內。入思頗深。黑髯豐厚。星星如襍銀絲。垂罔次作波狀。颸息而動。已忽曰諾。然則行矣。其婦亦疾起。惴惴語曰。汝蓋知彼何如者。阿父。汝幸勿酷也。

威羅樓居。木階至不寬博。曲爲弓形。且受伊革那支足音。震作厲響。伊革那支體本修偉。因必屢頫以避柢。而阿爾迦·斯提斑諾夫那素衣拂其面。則輒復顰蹙。色至不平。蓋已知今日之來。將不獲善果如前此矣。

威羅袒其臂。引一手覆目。一則陳素衾之上。漫問曰何也。神氣蕭索。狀亦漠然。母呼之曰。威洛吉伽。……顧忽嗚咽而止。父則曰。威羅。言次力柔其聲曰。告汝父母。汝今何如矣。

威羅默然。

父復曰。威羅。今其語我。詎爾母及我。尙弗足見信於汝耶。汝試念之。孰則親過我二人者。抑乃以愛汝未摯耶。汝其信我年齒閱歷。直陳毋隱。……

則憂思將立乎。盍視爾母。其困頓亦已甚矣。時母呼曰威洛吉伽。……而伊革那支仍曰。而我。……時聲微戰。似有物突然欲出者。曰而我豈亦能堪者。汝有般憂。顧般憂何事。則乃父不之知。此當乎。

威羅默然。

伊革那支輕拂其髯。用意至審。似恐不意中爲指所亂者。既乃曰。汝逆吾意。自詡聖彼得堡。乃怨吾譙責太甚耶。汝不順之子。或者以不畀汝多金。抑緣吾不喜汝。遂悵悵耶。汝胡乃默然者。吾知之矣。以汝聖彼得堡。……伊革那支神思中。時仿佛見一博大不祥之市。飛災生客。充實其間。而威羅又以是獲疾。以是絕聲。則立萌惜念。且又烈怒其女。蓋以女終日湛默。而其默又至堅定也。

威羅恚曰。彼得堡何干我者。已乃闔其目曰。不如睡耳。此何干我者。時晏矣。母啜泣曰。威洛吉伽毋置我。……威羅似不能忍。歎曰。嗟夫母氏。伊革那支就坐。微唉曰。若終無言耶。威羅略舉其身以自理。曰父。父蓋知我嘗摯愛父母。顧今茲已矣。不如歸睡耳。……吾亦且睡。逮明晨或至後日。會當有時言之。

牧師蹶起。擡几幾觸於壁。掣婦手曰。去之。婦尚延佇。曰威洛吉伽。伊革那支遮之曰。去之。詔汝。彼忘明神。吾儕其能救耶。遂力牽之出。婦故遲其步。低語曰。汝耳。父師。凡事悉起於汝。汝當自結此公案耳。嗟我苦人。言已淚下。目幾無見。臨梯屢躓。如臨深淵。

次日。伊革那支即不理其女。而女亦若弗知。時或獨瞑。時或漫步。俱如往日。惟時必取帨拭其目。似是中滿以塵埃者。其母性本樂易。嗜笑善諧。今遇默人。則大戚。左右不知所可。威羅平時好游眺。越七日。亦出游步如常。

丨顧其歸也。丨乃不以生返。已自投鐵軌之上。輀車轢之。碎矣。伊革那支自治葬禮。婦則弗臨。當死耗達其家。駭震。幾絕。手足勁直。舌强。不能聲。比伽藍鐘動時。方挺然臥於暗室。第聞人陸續出寺。且作輓歌。欲舉手作十字。而臂不之應。又迸力欲呼曰。威羅別矣。而舌亦重滯如凝鉛。使人見其狀。必謂婦方偃息。否者。蓋入睡也。時觀者大集寺中。伊革那支識者强半。莫不傷威羅夭折。第見牧師無悲色。則憮然。衆咸弗愛牧師。以其人少矜恕。憎罪人。而禮拜者來。則雖亦貧亦力汲其潤。殊不自憎。故人聞變大悅。競欲覩其凌夷。亦俾自悟二惡。爲牧師酷。爲父凶。緣此罪障。乃不能自保其骨肉。顧衆目聚矚。而伊革那支之立屹然。時蓋絕不爲殤女悲。特力護神甫威稜。使勿失墜已耳。

木工凱爾舍諾夫曰。鐵牧師也。是人蓋嘗爲製畫櫃。直五羅布而不獲償者。特伊革那支之立。則仍屹然。先就壚上。次過市而歸家。比達其婦室外。始微屈。然此亦以戸低。懼撞其首耳。入室發燧。見婦乃駭絕。其狀靖謐無方。憂苦皆退。二目無淚。寂然默然。體則委頓無力。陳胡牀之上。伊革那支進詢之曰。若無恙耶。而聲亦寂然類其目。纖撫額際。乃溼且寒。婦亦弗動。似絕不覺牧師之相撫者。比引手去。則無動又如故。惟二目厲張。是中更無人感。伊革那支漸怖而慄。曰吾歸吾室矣。

伊革那支入客室。見全室整潔。弗殊平時。几衣純白。卓立如死人臨斂。呼其婢曰。那思泰娑。則自覺聲在虛室中。至復獷厲。窗外懸鳥籠。闌檻已啓。其中虛矣。因復微呼曰。那思泰娑。烏安在。婢哀毀。鼻已赤如蘆菔。囁嚅對曰。自……自然去矣。伊革那支蹙額曰。胡爲縱之。婢復泣失聲。掣執角拭其目。咽淚曰。此性命。……此女士性命。……何可留耶。

伊革那支聞言瞿然。念此黃色小禽。終日伸首嚶鳴者、殆信威羅性命矣。假此鳥尙存、則威羅殆不云死、因大憤。厲聲叱曰。去矣汝婢。倉皇未得戶。乃又繼之曰、白癡人。

二

威羅既葬。闔宅默然。而**其狀復非寂**。蓋**寂者止於無聲**。此**則居者能言**。顧**不聲而口閉**默也。伊革那支如是思惟。每入閨。遇婦二目。目光艱苦。乃似大气俄化流鉛。來注其背。——又若開威羅曲譜。葉中尙留故聲。或視畫象之得自聖彼得堡者。亦復如是。

伊革那支視象有常法。必先審輔頰。受光皓然。特頰際乃見微痕。與覩之威羅尸者密合。此殊弗知其故。使車輪踐面而過。顱當糜矣。顧骸乃無損。

殆必値移尸去軌。傷於韡尖。或偶創於指爪耳。伊革那支審諦久久。意漸怖。急越頰觀其目。乃黑而美睫毛甚長。投影至於頰際。映著目睛。光益炯炯。目匡似見黑緣。色至悲涼。且畫師多能。施之殊采凡目與目光所向地。輒作澄明薄膜間之。似夏日輕塵。集於琴臺。以滅髹木之曜。伊革那支欲去象弗視。而幽。默。之。語。乃息。息。相。從。其默。又。至。昭。明。幾於。入。聽。伊革。那。支。際。此。亦自。信。幽。默。爲。物自能。聞。之。矣。

每日晨禱已。伊革那支輒入客室。先眺虛籠。次及室中器具。乃據胡牀而坐。閉目止息。諦聽默然。時所聞至異。虛籠。之。默。微而。柔。滿以。苦。痛中復。有。久。絕。之。笑。寓。之。其婦。之。默。乃度。壁。微。至。冰重。如。鉛。且絕。幽。怪。雖在。長。夏。入耳。亦。栗。然。如。中。寒。若其。悠。久。如。墳。闃。密。如。死。則其。女。之。默。也。第默。亦。若。自。苦。迸力。欲。轉。他。聲。顧。唔。有。機。栝。之。力。阻其。轉。化。乃漸。牽。掣。如。絲。縷。終至。顫。

動。且。鳴。鳴低。面。晰。—伊革。那。支。知。有。聲。將。至。乃悅。且。怖。引手。據。胡。牀。之。背。屏息。俟。之。已而。聞。聲。益。邇。顧忽。復。中。絕。全宅。默。然。

伊革那支薄怒曰音。遂漸漸起立。則度窗見大道。滿負日光。其平如砥。每石均作圓形。並有馬厩石垣。渾沌無戶牖。屋角立一御者。不動如石人。是人蠶立奚為。又烏能解。意者道絕行客。殆已久矣。

三

伊革那支他適時。頗多言議。如語法師。或對衆述其勤修義務。亦時就識者。博塞以游。顧一返故家。乃若永日必絕其聲息者。蓋當長夜不眠。方思大故。而不能與家人言。思蓋。曰。威。羅。何。由。死。也。

伊革那支殊不悟時節已晏。尚欲尋繹因緣。且冀解其隱閟。深夜耿耿。每念往日自與其婦立威羅楊前。祈之曰。語我。特幻想所造。乃與成事迥殊。見兩目朗然。不同畫象。威羅歡笑起立。進而陳辭——顧其辭云何。似此無言之辭。能解大閟。且復密邇。使傾耳屏息。恍忽愈益昭明。惟又迢遠不可極。伊革那支舉皺皵之手。出空中揮而問曰。威羅乎。然答之則幽默也。

一夕。伊革那支往視其婦。弗入閨已且七日矣。時就坐牀頭。思柔其目光。介勿冰重。乃曰。阿母。吾欲與汝談威羅。願聞之乎。

婦目默然。伊革那支揚其聲。使益威嚴。如語自懺者狀曰。吾知之。汝蓋謂威羅之死。皆出我手。顧吾豈愛之不若汝耶。汝想詭矣——吾嚴厲。顧實未嘗妨彼。彼不縱行其欲耶。逮其視吾訶責如無物。吾又不立棄威權自俛其背乎。……然汝何如者。汝不肯痛哭呼籲之乎。微吾詔者。泣且無已。而威羅不悛。吾何當獨任其罪。且吾又不屢面明神。詔之謙。教之愛耶。言次疾窺婦目。又急避之曰。使不以苦惱相告。吾何能爲。命之與。—吾命之矣。哀之與。—吾亦哀之矣。將必屈膝求婢子。哀號如嫗耶。其心。！吾烏知其心何蘊者。忍耳冷耳。伊革那支遂擧手擊其膝曰。是人無愛。然也。人謂我奈何。……誠專制耳。顧汝乃號泣不惜自屈。彼終愛汝未。

伊革那支忽失笑而無聲曰。愛也。何以慰汝。則死耳。其死慘凶。輕如飛羽。……死於糞土。猶犬豕也。人踶以足。

伊革那支聲漸低。……

曰。吾自媿。—行途中自媿。—立祭壇前自媿。—面明神自媿。—有女賤且忍。！雖入泉下。猶將追而詛之。

伊革那支言已。視其婦。已厥死矣。歷時許方蘇。比蘇。而目。旋。默。聞其。言。或。未。嘗。聞。人莫。能。測。也。

是日之夜—盈煦寧靖七月之夜也伊革那支惿驚其婦及侍者睡乃以趾點梯而升入威羅之室小窗自威羅逝後即嚴扃不啓全室乾盈烈日貫鐵葉屋山長日照臨入夜留炎熇之氣人迹永絕則顥气殊異嬾散遍於太空室壁家具久而朽敗亦有氣蒸蒸湧出月色度窗投文至地且以餘光朗照室隅臥榻雅素上遺小大二枕陰森欲動伊革那支啓窗外氣隨闢而入清新芬馥來自近郊水次且挾菩提樹華香遠有歌聲似出艇內伊革那支徒跣白衣狀如鬼物行就威羅榻旁長跽於地投首枕上引手向空而擁曩日女首所在處也如是久久既而歌聲頓輟顧牧師伏如故長髮越肩分披曼延及枕少頃月易其軌小樓就昏伊革那支始昂其首隨作微語聲至雄渾更函不知之愛如對所生曰威羅吾女！威羅—汝知否此誼云何吾女吾女吾血吾生……汝老父顥首駘背……言次

兩肩忽戰全身隨之而動發聲甚柔若詔孺子曰汝老父祈汝……唯、威洛吉伽祈汝矣——彼且泣彼前此未嘗泣也孺子汝有憂憂亦屬我否否且甚也伊革那支時搖其首曰且甚也威洛吉伽吾老矣死則奚懼然汝……使汝自知荏弱嬌小者汝念之耶幼時傷指見血泣失聲矣孺子汝愛我吾深知之汝實愛我第語之語我胡爲自苦吾將以此手去其憂此尙強也威羅此手

伊革那支遂起復曰言之隨張目視四壁伸其手而小樓寂漠遠聞汽笛有聲伊革那支目益厲張自顧身外似見形殘厲鬼離榻徐起漸擧柴瘠之手自按其頭及門尙微語曰言之而爲之對者又獨——幽默也

四

一日。午食早已。伊革那支趨赴墓場。威羅葬後。此其初次矣。其他炎熱靖謐。杳無人踪。雖夏日如在月夜。牧師欲挺身徐行。肅然四顧。自意弗異往時。而不知二足已孱。風度亦變。須髯皓白。如被嚴霜。墓場前道路修坦。漸高如坡坂。其端墓門。幽黑有光。若張巨口。四周則白齒抱之。威羅葬於杪端。至是已無沙礫。伊革那支旁皇險路中。左右悉爲丘壠。徧長莓苔。久不得出。其間時見斷碑。綠華斑駮。或壞檻廢石。半埋土中。如見抑於幽怨。內則有威羅新墳。短草就黃。外圍嫩綠。榛楛依楓樹而立。胡桃柯幹。交於墓頂。新葉蒙茸。伊革那支坐鄰墳。吐息四顧。上見昊天。净無雲气。日輪如如不動。乃初。覺。在。幽。宅。中。每當。風。定。萬籟。輟。聲。則寂。漠。滿。其。地。其寂。至。莫。可。比。方。此刹。那。間。並起。幽。默。默似。遠。涉。幽。宅。之。垣。且踰。垣。直。至。市。集。終於。目。睛。是目。則。澄。碧。無。聲。永靖。於。默。伊革那支聳其肩。運目至威羅墓上。觀糾結之草久久草曼衍遍地遂盡於負雪之野似無暇更被異域者時乃觀之而疑思地下不六尺乃爲威羅所宅四周縹緲莫可執持則俄有俶擾執迷起於何肌盎往嘗謂縱有物沒深邃無窮中顧得之實不在遠殊不知誠乃無有且亦將終無有也

爾時陡有所念似倘作一言此言已銜唇且發或作一動則威羅將離墓起立頎長妙好一如生時即四鄰陳死人方以堅冷之默感人者亦將由是言動辭其幽宅伊革那支乃去廣緣黑冠自撫其髮微呼曰威羅言已懼入人耳則起登墳顛越十字架外望見絕無生人於是復揚其音曰威羅!

此牧師伊革那支垂老之聲也其聲乾涸如求如籲異哉祈求之切如是而無應也曰威羅

時聲。朗。而。定。矣。比默。悅忽。有。應。者。出。於。淵。深。若復。可。辨。伊。革。那。支。復。四。顧。屈其。身。傾耳。至。於。艸。際。曰威。羅。答。我。則有。泉。下。之。塞。貫耳。而。入。腦。幾。爲。之。堅。凝。顧威。羅。則。默。其默。無。窮。益怖。益。悶伊革那支力舉其首。面失色如死人。覺幽默顫動。顏氣隨之。如恐怖之海。忽生波濤。幽默偕其塞波。滔滔來襲。越頂而過。髮皆盪漾。更擊何次。則碎作呻吟之聲。伊革那支眙目愕顧。五體栗然。漸迸力伸背而起。自肅其狀。俾勿震越。又拂冠及膝際。以去沙塵。交臂三作十字。徐行而去。顧幽宅乃突呈異狀。道亦絕矣。

伊革那支自哂曰。誤矣。遂止歧路間。顧不能竢。未一秒時。即復左折。默迫之耳。默出自碧色壠中。十字架亦各噓氣。地懷殭蛻。孔孔均吐幽波。伊革那支行益急。左右奔馳。越墓撞於闌檻。鐵製華環。刺手見血。法服亦斯裂如鵜衣。第心中則止存一念。曰覓。去。路。耳。

伊革那支盡其心力。跳躍往來。久乃益疾。長髮散亂法服之上。而去路終不在前。其時狀至怖人。張口坌息。色如狂酲。厲於幽鬼。終乃奮力一躍。突出墓場。其地有伽藍。垣下見一老人。方據榻假寐。狀似遠方行腳。旁有二匄婦。斷斷互爭。比歸家。閨中鐙光已曜。牧師不及易衣。冠而入。風塵零落。即跽其婦足下曰。阿母。……阿爾迦恕我。言次啜泣曰。吾且狂矣。遂撞首於几。泣至哀厲。如未嘗泣者之泣也。

迨舉首。伊革那支蓋信異事將見矣。婦且有語。恕其前愆。因曰。吾婦！則伸首就之。相其。二目。而是中。恕宥。怨憤。兩復無有。婦殆。已恕其罪。寄之同情。與顧目。乃一。無。所。示。寂然。默然耳。……而此。荒。涼。蕭。瑟。之。家。則幽。默。主。之。矣。

安樂王子

英國　淮爾特　著

城中有柱石峙立。安樂王子之象在焉。象身裹以金葉。碧玉爲目。劍柄上飾瓊瑤。爛有光輝。見者歎賞。有市會議士曰。美哉如占風之雞旗也。言時。頗欲以風雅自見。繼復懼人誚其虛華。則曰。獨惜其無用耳。其人蓋信更事者也。

有小兒啼。欲得月。其母語之曰。若胡弗效安樂王子者。安樂王子未嘗啼泣。有所求也。

騷人過此。則覗象而言曰。世間猶有安樂之人。吾心怡悅矣。

貧兒自聖寺出。絳衣素帔。羣言曰。彼貌如天使也。數學師曰。若安知者。若

聾未嘗見天使也兒對曰然第有之嘗見諸夢中耳師則蹙頞疾視蓋不悅小兒夢也

一夜有小燕翻飛入城四十日前其伴已往埃及彼愛一葦獨留不去一日春時方逐黃色巨蠶飛經水次與葦邂逅愛其纖腰止與問訊便曰吾愛君可乎葦無語惟一折腰燕隨繞葦而飛以翼擊水漣起作銀色以相盈存盡此長夏

他燕啁哲相語曰是良可咲女絕無資且親屬衆也燕言殊當川中固者葦也未幾秋至衆各飛去

燕失伴漸覺孤寂且勸於愛曰女不能言且吾懼彼佻巧恆與風酬對也是誠然每當風起葦輒宛轉頂禮燕又曰女或宜家第吾喜行旅則吾妻亦必喜此乃可耳遂問之曰若能偕吾行乎葦搖首殊愛其故園也燕曰

若負。我。矣。今吾。行。趣。埃。及。古。塔。別矣。遂飛。而。去。

燕飛終日。薄莫氐城。念曰。今將安庇。意城中或可居也。已而見柱上金人。乃曰。吾當居此。地爽明。顥气亦清也。遂集安樂王子足下。悠然四顧。微語曰。今日居金屋中矣。隨謀就眠。方曲首匿翼間。忽有雨水一泊落其背。燕驚曰。異哉。空中了無雲物。星光燦然。雨乃遽降。北歐天气殊惡也。彼輩喜雨。第此正其私意耳。言次雨又降。燕曰。金人在上而不能辟雨。是何用者。吾當別求烟突之頂栖之。遂夬意他去。顧未及展翼而雨復下。燕仰視。乃有所見。見安樂王子方泣。涕淚交頤。月光被面。色益美好。燕心憐之。問曰。君何人耶。曰吾安樂王子也。燕曰。然胡爲泣。已濡我矣。王子曰。當吾生。時。猶具。人。心。乃不。知。淚。爲。何。物。以吾。居。商。蘇。西。(此言無憂)宮。中。憂。怨。無。由。得。入。晝游苑中。莫就廣殿。歌舞相樂。苑外圜以崇墉。吾但見是中之美。更無暇問此外何有矣諸臣字吾曰安樂王子使人世歡娛足俾安樂者則吾信安樂矣吾墨墨以生亦墨墨以死逮死後衆置我高居是間吾遂得見人世憂患雖吾心爲鉛不能無動舍涕泣外無他道矣燕聞之自念曰嘻、彼身非純金者與第不敢朗語指尺他人特竊自異已耳

王子又曰遠去此地有一委巷中見敝廬窗戶方啓吾見婦人據案而坐顏色憔悴手赤且甲錯多爲鍼傷蓋縫婦也方爲宮中女官作錦袍刺愛華(中國玉縈華也)於上以備大宴時之用屋角榻上幼兒方臥病苦消渴求橘食之顧母無有惟飲以川水故兒啼泣燕子燕子若能爲我將劍上瓊瑤往贈之乎吾足著壇上不能移也燕曰第有人待我於埃及吾友方翺翔尼羅川上與扶渠共語耳未幾當歸宿古帝壠中帝則亦在棺槨皆施丹雘身纏黃絹薰以異香頸間懸玉色作慘綠而帝手狀乃如枯葉也

王子曰。燕子燕子。若能留此一宵。爲吾作使者乎。兒渴甚而母尤悲也。燕曰。吾殊不愛小兒。去歲夏日嘗游水次。遇二頑僮。爲磨工子。恆以石投我。顧未嘗一中。燕皆善飛。石胡能及。矧吾家本以疾飛名世者。然兒之爲此。則終不敬也。顧王子色甚悲。燕爲之動。遂曰。此間寒甚。第吾當留此一宵。爲君使者。王子曰。吾敬謝燕子。

燕取瓊瑤銜之。昧間越屋而去。過聖寺塔旁。見有白石雕琢爲天使狀。又過王宮。則聞歌舞之音。有女郎偕其歡子。出立迴廊之下。男子曰。異哉星光。異哉情愛之力。女應之曰。宮中大宴時至。意衣可成矣。吾已命繡愛華於上。特恨縫婦慵耳。已而度川。見舟上桅鐙點點。復過葛多。有猶太老人互相商兌。又以銅稱平準金錢。久之已達敝廬。止而瞰之。兒臥榻上。輾轉弗寧。母勌極已寐。燕入室。置玉鋮玦之次。又繞榻而飛。以翼扇病兒額。兒曰。吾覺竟體清涼。疾當已矣。遂沈睡。燕返白王子。且曰。事良詭。奇今日冰寒而吾覺春盈。何也。王子曰。以若方成一善事故耳。燕乃覃思。未幾即瞑。

蓋凡有思索。恒令入睡也。

侵晨。燕飛就水畔沐浴。有鳥學教師方過橋上。見之。曰。物色奇哉。冬日見燕也。遂作宏文一篇載之日報。人皆傳誦。以其文鴻博多函奧誼。爲衆所弗解者也。

燕曰。吾今夜往埃及矣。念此乃大悅。隨遍訪碑碣。又坐聖寺塔頂者久之。瓦雀見燕。便啾啾相語曰。何來此珍客也。而燕則敖游樂甚。

月上。燕返就王子。語之曰。君無事於埃及乎。吾今行矣。王子曰。燕子燕子。若不能更住一宵乎。燕曰。第埃及有人待我。明日吾友當詣第二瀑布之次。有水馬蹲居蘆中。大神曼濃據華石之坐。終夜視星。逮啓明一曜。悅而大○呼○後復○永○寂○及日○卓○午○有黃○師○子○至○川○畔○飲○水○目色○如○碧○吼聲○陡○作○高於○瀑○布○之○音○矣○王子○曰○燕子○燕○子○遠去○此○地○高樓○之○中○有一○少年○几○上○紙○筆○亂○雜○側置○瓦○缶○紺色○槁○華○一○束○在○焉○黃髮○卷○曲○脣絳○如○榴○華○目巨○而○幽○祕○彼方○爲○黎○園○主○者○作○傳○奇○顧天○寒○不○復○能○書○鑪中○無○火○且久○餒○乘○暈○矣○燕心甚慈○聞之○曰○吾當更住一宵○將復齎瓊瑤以贈之○與○王子○曰○惜吾無復有瓊瑤矣○今茲所餘○惟吾雙目○兩皆碧玉○一千年前得自印度者○可取其一○持贈少年○俾得貨諸玉人○以易薪米○竟此傳奇也○燕曰○王子○吾不能爲是也○乃泣○王子曰○燕子燕子○若第如吾命行耳○燕乃取王子一目○飛就少年樓上○見屋脊有穴○因得潛入○回翔室中○少年方以兩手支頭○不聞燕子羽聲○及後舉首○始見碧玉委槁華間○驚起呼曰○吾初爲人所賞矣○是必知音所寄○吾今可竟此曲矣○乃大悅○

次日。燕至海濱。止大舟橋上。視人以轆轤輓巨匣出。每出一匣。邪許之聲即起。燕曰。吾行往埃及矣。顧人咸弗之理。逮川上。返語安樂王子曰。吾今來語君珍重矣。王子曰。燕子燕子。若不能更住一宵乎。燕曰。今爲冬日。未幾。冰雪且至矣。日出埃及。照樓櫚綠葉之上。其光盈煦。鱷魚臥泥塗中。悠然四顧。吾友已構巢波爾貝克廟中。紅白二色神鴿。集而凝眡。或相呼喚。各求其偶。吾今當別王子。惟永不相忘。及春歸來。當獻美玉。絳者色踰蕣華。碧者色如海水也。王子曰。吾見道上有一女兒。攜燧求售。已忽墜入溝中。燧皆敗矣。若薄莫不將錢歸。父必見撻。女乃啼泣。其足無襪履。露頂而立。今可取吾目貽之。俾免於撻也。燕曰。吾當少留。惟不能更取君目。爾者君且瞽矣。王子曰。燕子燕子。若第如吾命行耳。燕乃取玉。瞥然疾下。過女兒之側。以玉置掌中。女視之曰。可愛哉此琉璃也。遂咲而歸家。

燕歸。語。王。子。曰。君今。已。暮吾願。永。爲。君。伴。矣。王子。曰。燕子。幸。毋爾。若今。可。往。埃。及耳。燕曰。吾願永。爲君。伴。矣。隨眠。王。子。足。次。

次日。燕集王子肩上。爲語異域故事。有鶴。絑。色。矗立。尼。羅。水。裔。捕金。魚。食。之。斯芬。克。思。與。世。同。壽。住瀚。海。中。知宇。宙。之閟。商人。扶。槖。佗。而。步。手持。琥。珀。珠。串。月山。之。王。色黑。如旃。檀。禮一。水精。巨蛇。深。碧。睡椶。櫚。樹。間。有長老。二。十。乘進蜜。餌。飼。之。僬僥。之。民。以木。葉。爲舟。泛湖。水。中。恒與。蝶。戰。王子。曰。燕子。告。我。事。誠。奇。矣。顧最。奇。者則人。世。艱。辛。也。世無。玄。祕。更深。於。憂。患。者。矣。若可。飛。行。城。中。告我。所。見。燕子。乃。去。見華。屋。之。中。衆方。行。樂。匄者。坐。於。門。外。又入。幽。巷。有小。兒。寒。餓。色皆。慘。白。引首。外。望。橋下。有。二。兒。相抱。而。臥。藉以。取。盈。皆曰。吾。儕。飢。甚。矣。守者。則。叱。之。曰。若毋。得。臥。此。兒乃。起。旁。皇。雨。中。燕歸。以告。王。子。王子。曰。吾身。遍。被。純。金。可葉。葉。取。之。以與。窮。人。彼生。人。

恒思金能造福也燕如言取金葉與之王子色漸黯澹而貧兒貌皆潤澤

嬉笑游道上曰吾儕今得食矣

未幾雪至繼以堅冰道路皆凍皓然作銀色人家檐下冰筋下垂如水精匕首行人咸御重裘兒僮戴絳巾群走冰上燕漸寒不可支惟愛王子甚卒不忍去僅飛就店頭乘餅師他顧啄麵屑食之又拍翼以自煖

已而燕知將死奮力一飛更上王子肩頭曰王子珍重今乖別能許我一吻王子手耶王子曰燕子今歸埃及吾甚悅也若滯此已久矣第今當吻吾口吾愛若至也燕曰吾行非趣埃及特往死之家耳彼死非眠之弟乎

乃吻王子隨墜死於足下

時有異聲發於象中若物破裂金人鉛心碎為二矣夜來冰寒殊冽也

侵晨市長偕議士行過象下止而仰視嚄唶曰噫安樂王子今日貌何委

貧○耶○議士○恒○順○市○長○意○應聲○曰○貌何○委○貧○耶○皆趨○前○觀○之○市長○曰○劍上○瓊○瑤○已○失○二目○亦○去○且更○無○金○色○直不○殊○一○乞○兒○矣○議士○皆○曰○不殊○一○乞○兒○矣○市長○曰○足下○且○有○死○鳥○吾意○當○發○告○諭○禁鳥○雀○毋○得○死○此○書記○即○抽○筆○志○之○

衆曳○王○子○象○仆○之○大學○美○術○敎○師○曰○彼既○不○美○即亦○無○用○矣○

衆支○鑪○熔○象○市長○集○人○議○所○以○處○之○曰吾○儕○當○別○鑄○金○人○其象○應○屬○我○也○

議士○皆○曰○應○屬○我○繼乃○相○鬥○吾前○聞○之○鬥猶○未○止○也○

冶工○之○長○曰○異哉○鉛心○在○鑪○久不○熔○化○會當○棄○之○耳○乃投○諸○塵○屯○之○上○而死○燕○亦○在○焉○

天帝命其使者曰○試爲我擕城中二寶來○使者取心及死燕進○帝曰○善○燕子當令作歌園中○安樂王子居金城○爲吾誦也○

（作人）

顯克微支

生於一千八百四十五年。所作歷史小說數種。皆有名於世。其小品尤佳。哀豔動人。「炭畫」一篇爲最。今此所譯樂人揚珂。亦其上者。一時傳誦。國人爲之感泣。此他有「鐙臺守」「天使」「生計」諸作。

揚珂　揚。波闌言約翰也。珂者小詞。示親愛意。斯拉夫語皆有之。

福燭　波闌語爲格倫尼加。人垂死時。然之床頭。

少年日下法文　誼曰。美哉意太利之國。

藝文之民也下法文　誼曰。彼索求才緒

而善保之。斯多福耳。

契訶夫

生於一千八百六十年。著有傳奇數種及小說百餘篇。一千九百六年卒。其文多慨賢者困頓。不適於生。而庸衆反多得志。戚施一篇。蓋記俄人守階級之竺。塞外者。假綏蒙之言。自陳其意者也。

波比爾……　俄人姓名凡三言。首教名。次爲父名加語尾「微支」。或省作「伊支」。此言子。誼曰某人子。末爲姓。亦結以「微支」者。此可翻氏。

瞿提　德國詩人。

索波葛微支　果戈爾名作「死魂」中土田

主名也。俄語犬曰索波加。故此言犬之子。

普式庚以下六人　皆俄國近世文士。

弗闌美倫　法國天文學家。亦文人也。

堂克訶第　西班牙人色勒凡提氏著書。言堂克訶第生十七世紀。猶慕古代游俠。仿而行之。卒困頓以死。事至弔詭可咲。

迦爾洵

生一千八百五十五年。俄土之役。常投軍爲兵。負傷而返。作「四日」及「走卒伊凡諾夫日記」。氏悲世至深。遂狂易。久之始愈。有「絳華」一篇。即自記其狀。晚歲爲文。尤哀而傷。今譯其一。文情皆異。迥殊凡作也。八十五年忽自投闍下。遂死。年止三十。

記誦下法文　誼曰。阿迭修斯別後。加列普婆無以自遣矣。(事本希臘和美洛斯史詩)

賦日眠我曰下德文　誼曰。今則汝爲吾愛矣。吾之摯愛無上者。

那闍　那及什陀之暱偁。

安特來夫

生於一千八百七十一年。初作「默」一篇。遂有名。爲俄國當世文人之著者。其文神祕幽深。自成一家。所作小品甚多。長篇有「赤咲」一卷。記俄日戰爭事。列國競傳譯之。

淮爾特

生一千八百五十六年。愛爾蘭人也。所著詩

文傳奇遺稾凡十三卷。九十五年。以事下獄。二年。出居法國。易名美勒穆思。鬱鬱以死。當時國人惡之。書無讀者。近爲歐洲文壇所賞。盛翻譯之。英國亦梓其全集行於世。

曼濃　希臘神話。曙光之子。死於多羅之戰者。又埃及尼羅川畔有巨人象二。一爲曼濃。每當日光照及。中發大聲。如彈箜篌。希臘巴沙尼亞著書云。

波爾貝克　叙利亞古城也。有大廟三在其地。

斯芬克思　此言撟者。獅身女面。居瀚海。以隱語難行客。不能答則殺之。見希臘神話。

域外小說集第一冊以後譯文

英國淮爾特　黄離

匈加利育珂　怨家　伽薾太守

瑙威畢倫存　父　人生圖事

丹麥安兌然　寥天聲繪

芬蘭哀禾　先驅

波蘭顯克微支　鐙臺守

俄國都介納夫　畢旬大野　猶太人

俄國迦爾洵　四日　絳華

其他法人福勒特爾美人亞倫坡新希臘人比該羅斯及南歐名人小品

新譯豫告

赤咲記　俄安特來夫

* 並世英雄傳　俄來爾孟多夫

神盖記　匈密克札忒

己酉二月十一日印成

定價小銀圓三角正

發行者　周樹人

東京市神田區錦町三丁目一番地

印刷者　長谷川辰二郎

東京市神田區錦町三丁目一番地

印刷所　神田印刷所

總寄售處　上海英租界後馬路乾記衖　廣昌隆綢莊